新・知らぬが半兵衛手控帖

名無し

藤井邦夫

目次

名無し　新・知らぬが半兵衛手控帖

江戸町奉行所には、与力二十五騎、同心百二十人がおり、南北合わせて三百人ほどの人数がいた。その中で捕物、刑事事件を扱う同心は所謂〝三廻り同心〟と云い、各奉行所に定町廻り同心六名、臨時廻り同心六名、隠密廻り同心二名とされていた。

臨時廻り同心は、定町廻り同心の予備隊的存在だが職務は全く同じである。そして、定町廻り同心を長年勤めた者がなり、指導、相談に応じる先輩格でもあった。

第一話　お宝探し

一

水飛沫は朝陽に煌めいた。

北町奉行所臨時廻り同心の白縫半兵衛は、井戸端で顔を洗って縁側に戻った。

廻り髪結の房吉が、縁側で日髪日剃の仕度をして待っていた。

「待たせたね、頼むよ」

半兵衛は、房吉の前に座った。

「じゃあ……」

房吉は、鋏で半兵衛の髷の元結を切り、日髪日剃を始めた。

半兵衛は、心地好さげに眼を瞑った。

「旦那、野良犬が小判を咥えて根津権現界隈を彷徨いていたって話、ご存知ですか……」

房吉は、手を休める事なく話し出した。

「ほう。野良犬が小判をな……」

半兵衛は、眼を瞑ったまま聞いていた。

「ええ。大昔、根津権現の界隈に土蜘蛛の藤五郎って大泥棒がいたそうでしてね。そいつが隠したお宝じゃあねえかって、専らの噂ですよ」

「へえ。土蜘蛛の藤五郎の隠し金ねえ」

土蜘蛛の藤五郎は、犬公方綱吉公の御世に世間を騒がせた大盗賊であり、半兵衛も名前だけは知っていた。

「それで、お宝が未だ他にもあるんじゃあねえかと、いろんな奴が根津権現に集まってお宝探しを始めたとか……」

「いろんな奴……」

「はい。遊び人に博奕打ち、大店の若旦那に旗本の部屋住み。暇な奴らが……」

房吉の言葉の端には、微かな腹立たしさが含まれていた。

「そうか……」

お宝探しに集まった奴らは、根津権現門前町に暮らす者たちに迷惑を及ぼしている。

半兵衛は、房吉の言葉の端をそう読んだ。

「よし。今日の見廻りは根津権現迄（まで）、足を伸ばしてみるか……」

半兵衛は告げた。


根津権現は日本武尊（やまとたけるのみこと）が創祀（そうし）したのが始まりとされる古社（こしゃ）であり、不忍池（しのばずのいけ）の北にあった。


「へえ。野良犬が小判をですか……」

下（した）っ引（ぴき）の音次郎（おとじろう）は戸惑った。

「うん。小判を咥えて彷徨いていたそうだ」

半兵衛は笑った。

「そいつは凄（すげ）えや……」

音次郎は、面白そうに眼を輝かせた。

「で、大昔の盗人（ぬすっと）の土蜘蛛の藤五郎の隠したお宝だって噂なのですか……」

岡（おか）っ引（ぴき）の本湊（ほんみなと）の半次（はんじ）は苦笑した。

「うむ。噂にしても、随分と大昔の盗人を引っ張り出して来たものだ」

「ええ。それにしても、暇な奴らが集まってお宝探しとは、門前町の人たちも迷惑な話ですねえ」

「その通りだ。房吉もその辺を気にしていてね」

半兵衛は、いつもなら不忍池から下谷広小路に向かうのだが、根津権現に向かった。

本来、根津権現は寺社奉行の管轄だが、門前町は既に町奉行所の支配になっていた。

集まっている暇な奴らが、門前町の人たちに迷惑を掛けているのなら、速やかに片付けなければならない。

半兵衛は、半次と音次郎を伴って根津権現に進んだ。

根津権現は社地六千三百坪、社内の広さは南北、東西共に三町であり、南に惣門、北に裏門があった。そして、門前町の惣門の内両側には妓楼が建ち並び、賑わっていた。

「よし。私は宮番屋に行く。半次と音次郎は、お宝探しに来ている暇な奴らの様子をな」

半兵衛は指示した。

「承知しました。じゃあ、行くぜ、音次郎」

「はい……」

半次と音次郎は、半兵衛と別れて惣門を潜り、門前町の賑わいに入って行った。

半兵衛は、宮番屋に向かった。

門前町には、妓楼の他に茶店や料理屋が軒を連ね、根津権現の参拝客が行き交っていた。

飯屋から出て来た派手な半纏を着た男たちが、巻羽織姿の半兵衛を見て何事かを囁き合った。

半兵衛は苦笑した。

「どうぞ……」

宮番屋の老番人は、半兵衛に茶を差し出した。

「造作を掛けるね」

「いいえ……」

「して、小判を咥えていた野良犬ってのは本当なんだね」

「はい。それはもう、あっしも見ました」

「うむ。それでどうしたのだ」

「はい。気が付いた者たちが追い掛け廻しましてね。野良犬は逃げ廻っている内に吠(ほ)えて、咥えていた小判を落とし、落ちた小判をみんなが取り合い、そりゃあもう、殴る蹴るの大騒ぎでしたよ」

老番人は、呆(あき)れたように告げた。

「そいつは大変だったね。して、野良犬はどうしたのかな」

「逃げちまいました」

「だろうな……」

半兵衛は苦笑した。

「それで、小判を拾い損ねた奴ら、野良犬がお宝の在処(ありか)を知っているってんで、今度は野良犬探しですよ」

「そして、暇な遊び人や博奕打ち、旗本の倅(せがれ)なんかが来たのだな」

「はい……」

老番人は頷(うなず)いた。

「それで父っつあん、野良犬が咥えていた小判が大昔の盗人、土蜘蛛の藤五郎が隠したお宝だと、誰が云い出したのかな」

「さあ、誰でしたか。気が付いたらそんな噂が立っていましてねえ」

老番人は眉をひそめた。

「そうか。分からないか……」

「はい。それにしても迷惑な話ですよ。大昔の盗人の隠したお宝だなんて。お陰で遊び人や博奕打ち、旗本の倅に浪人なんかが探しに来て、邪魔をしたとかしないとか、睨（にら）んだとか押したとか、あっちこっちで喧嘩沙汰（けんかざた）。おまけに女郎屋（じょろうや）の踏み倒しに飯屋の食い逃げ。質（たち）の悪い野郎は強請（ゆすり）に集（たか）りですよ」

老番人は、腹立たしげに吐き棄（す）てた。

喧嘩沙汰はともかく、勘定（かんじょう）の踏み倒しや食い逃げ、強請集りは立派な犯罪であり、土地の者たちに迷惑を掛ける悪行（あくぎょう）だ。

「そうか。して、一番質の悪い奴は何処（どこ）の誰だい」

「一番質の悪い奴ですか……」

「うむ。父っつあんがさっさとお縄にした方が良いと思っている奴だ」

「でしたら、本郷弓町（ほんごうゆみちょう）の吉岡（よしおか）って旗本の倅の金之助（きんのすけ）ですか……」

「本郷弓町の旗本の倅の吉岡金之助か……」

「はい。二十歳（はたち）前の若僧の癖して、浪人や遊び人なんかの取り巻きがいましてね。陸なもんじゃあねえ」

「そうか、良く分かった」

「でも旦那、金之助の野郎は旗本の倅ですよ」

旗本は、町奉行所の支配違いでお縄には出来ない。

老番人は心配した。

「なあに、心配無用だ」

半兵衛は不敵に笑った。


根津権現境内や門前町には、派手な半纏を着た者や浪人たちが彷徨いており、町の者たちや参拝客は身を縮めて行き交っていた。

「あいつらがお宝や野良犬探しの奴らですね」

音次郎は眉をひそめた。

「きっとな……」

半次は頷いた。

「野良犬がいつ迄も同じ処にいる訳はねえし、盗人が隠したお宝が本当にあると決まっちゃあいねえのに、良くやりますね」

音次郎は、鼻先で笑った。

「まったくだぜ……」

半次は苦笑した。

男の怒声が、二人の背後であがった。

半次と音次郎は振り返った。

若い武士と浪人が、蕎麦屋の店主や小僧たちと揉めていた。

行き交う人たちが足を止め、眉をひそめて見守った。

半次と音次郎は、見守る人々の背後に佇んだ。

「亭主、我らが食い逃げだと云うのか……」

若い武士は、蕎麦屋の店主を薄笑いを浮かべて睨み付けた。

「いえ。未だお代を戴いていないと……」

店主は、遠慮がちに告げた。

「払うのを忘れただけだ。それなのに食い逃げだと騒ぎ立てるか……」

浪人は怒鳴った。

「そ、そんな……」

「おのれ、天下の直参旗本を食い逃げ呼ばわり、只ではすまぬぞ」

若い武士は刀の柄を握り、居丈高に店主を見据えた。

「お許しを、手前共の間違いにございました。お許し下さい」

亭主は、土下座して詫びた。

「ならば亭主、勘定を払うぞ。店に戻ろう」

若い武士と浪人は、狡猾な笑みを浮かべて亭主を促した。

「えっ。いえ、それには及びません……」

亭主は、若い武士と浪人の魂胆に気付いて狼狽えた。

「店に戻って強請る気か……」

半兵衛が、半次と音次郎の背後にいた。

「旦那……」

「下手な因縁だな……」

半兵衛は苦笑した。

「ええ。どうします」

半次は眉をひそめた。

「音次郎……」

半兵衛は、音次郎に何事かを囁いた。

「そいつは面白え。一っ走りして来ます」

音次郎は、楽しそうに笑った。

「うむ。頼む。あの蕎麦屋にいるよ」

「承知。じゃあ、ちょいと行って来ます」

音次郎は手拭で頬被りをし、半兵衛と半次に会釈をした。

半兵衛と半次は物陰に入った。

「いたぞ。野良犬がいたぞ。また小判を咥えているぞ」

音次郎は叫んだ。

若い武士と浪人は、音次郎を見た。その前に派手な半纏を着た男たちや浪人たちが、連なる一膳飯屋から飛び出して来た。

「何処だ、小判を咥えた野良犬は何処だ」

一膳飯屋から出て来た浪人が、音次郎に叫んだ。

「こっちだ……」

音次郎は走った。

派手な半纏の男と浪人たちが、音次郎の後を追った。

若い武士と浪人は、顔を見合わせて慌てて続いた。

蕎麦屋の亭主たちは、安堵を浮かべて見送った。

半兵衛と半次が物陰から現れ、蕎麦屋の亭主たちに駆け寄った。

「怪我はないか……」

半兵衛は笑い掛けた。

「は、はい。お役人さま……」

蕎麦屋の亭主は戸惑った。

「ま、店に入るが良い」

「は、はい……」

亭主たちは、半兵衛に促されて『藪久』と書かれた暖簾が揺れる蕎麦屋に戻った。

半兵衛と半次は続いた。


「あの若い侍、本郷弓町の旗本、吉岡金之助かな」

半兵衛は尋ねた。

「はい。そうです」

蕎麦屋『藪久』の亭主久助は、戸惑った面持ちで頷いた。

「やはりな……」

半蔵の読みは当たった。

「久助さん、浪人の名前は、何て云うんですかい……」

半次は訊いた。

「確か大原軍兵衛（おおはらぐんべえ）とか……」

「大原軍兵衛か。旦那……」

「うむ。吉岡金之助と大原軍兵衛、いつもあんな下手な因縁を付けて、強請集りを働いているのか……」

「噂には聞いていたんですが、うちでは初めてだったものでして……」

久助は、腹立たしさを滲（にじ）ませた。

「そうか……」

半兵衛は頷いた。

「旦那、親分……」

音次郎が、頬被りの手拭を取りながら入って来た。

「あっ……」

久助は、音次郎が野良犬が小判を咥えていると叫んだ男だと気が付いた。

「やあ。御苦労だったね」

半兵衛は、音次郎を労った。

「いえ。野郎共、いもしねえ野良犬を探して、走り廻っていますぜ」

音次郎は、面白そうに笑った。

「じゃあ、野良犬がいたって話は……」

久助は、野良犬の話が金之助と大原を自分から引き離す嘘だったと知った。

「ま、そんな処だ。久助、酒と蕎麦を貰おうか……」

半兵衛は苦笑した。

「はい、直ぐに……」

久助は板場に入った。

「半次、音次郎、早めの昼飯にしよう」

「はい……」

半次と音次郎は頷いた。

「お待たせしました」

久助が酒を持って来た。

半兵衛、半次、音次郎は酒を飲み始めた。

「処で久助、野良犬が咥えていた小判が大昔の盗人、土蜘蛛の藤五郎の隠した金だと、誰が云い出したのかな」

「さあ、誰が云い出したのか、良く分かりませんねえ」

久助は首を捻(ひね)った。

「そうか、分からないか……」

半兵衛は、盗賊土蜘蛛の藤五郎の名を出した者が誰か気になった。


根津権現と門前町は、お宝と野良犬探しの者たちが行き交っていた。

腹拵(はらごしら)えをした半兵衛は、音次郎を従(したが)えて蕎麦屋『藪久』を出た。

半次は、旗本の倅の吉岡金之助を調べに本郷弓町に向かった。

半兵衛と音次郎は、根津権現境内や門前町を見廻った。

吉岡金之助と浪人大原軍兵衛の姿は見えなかった。

「旦那……」

音次郎は、境内外れの物陰を示した。

境内外れの物陰では、二人の薄汚い形(なり)の浪人が大店の若旦那を脅(おど)していた。

「集りか……」

半兵衛は眉をひそめた。

「きっと……」

音次郎は頷いた。

「よし……」

半兵衛は、若旦那と二人の浪人のいる物陰に行った。

「やあ、何をしているのだ……」

半兵衛は、二人の浪人に声を掛けた。

二人の浪人は、半兵衛を一瞥して嘲笑った。

「ほら、若旦那がさっさと金を出さないから煩せえ銀蝿が来ちまったぜ」

「さあ、早く金を出しな」

二人の浪人は、半兵衛を無視して若旦那を脅した。

若旦那は、半兵衛に縋る眼差しを向けて財布を差し出した。

二人の浪人は、若旦那の財布を乱暴に取り上げて立ち去ろうとした。

半兵衛は立ち塞がった。

「退け……」

浪人の一人が、半兵衛を突き飛ばそうと腕を伸ばした。

半兵衛は、身体を僅かに開いて躱し、その腕を押さえて十手を振り下ろした。

骨の折れる鈍い音がした。

半兵衛を突き飛ばそうとした浪人は、骨を折られた腕を抱えて呻き、蹲った。

「何をしやがる」

残る浪人が刀を抜いた。

刹那、半兵衛は僅かに腰を沈め、抜き打ちの一刀を閃かせて鞘に納めた。

刀を抜いた浪人は太股を斬られ、血を飛ばして前のめりに倒れた。

田宮流抜刀術の鮮やかな抜き打ちだった。

半兵衛は、二人の浪人の刀を取り上げ、若旦那の財布を取り戻した。

「さあ、仕舞っておきな」

半兵衛は、財布を若旦那に渡した。

「ありがとうございます」

若旦那は、財布を握り締めて半兵衛に頭を下げた。

「いや。こいつも役目だ。礼には及ばないよ。さあ、行きな」

半兵衛は笑った。

「はい。ありがとうございました」

若旦那は、足早に立ち去った。

「大人しくお宝探しをしていれば良いものを、強請集りなんて余計な真似をするからだ。さっさと医者に行くんだな」

半兵衛は、蹲っている二人の浪人に云い残して立ち去った。

「旦那、大番屋（おおばんや）にぶち込まなくて良いんですかい」

音次郎は、怪訝（けげん）な面持ちで尋ねた。

「音次郎、そんな真似をしたら大番屋が一杯になり、みんなの迷惑だ。それに腕の骨を折られ、太股を斬られれば、お宝探しは諦（あきら）めるだろう」

半兵衛は苦笑した。

「そうか、そうですね」

音次郎は感心した。

「よし。次の質の悪い暇な奴らは、何処にいるかな……」

半兵衛は、音次郎を従えてお宝探しの者を捜しに向かった。

本郷弓町には旗本屋敷が連なり、物売りの声が響いていた。

半次は、旗本吉岡屋敷を見上げた。

吉岡屋敷は表門を閉じ、静けさに包まれていた。

半次は、通り掛かった酒屋の手代を呼び止め、物陰に連れ込んだ。

「ちょいと尋ねるが、お前さん、此の御屋敷の金之助さまを知っているかな」

半次は訊いた。

「吉岡さまの処の金之助さまですか……」

酒屋の手代は戸惑った。

「ああ。どんな若さまか、噂でも聞いちゃあいないかな」

「噂。金之助さま、何かしたんですか……」

手代は眉をひそめた。

「ああ。強請を働いてね」

半次は、懐の十手を見せた。

「こりゃあ、親分さんでしたか……」

手代は、半次の素性を知って安心したように笑った。

「うん。金之助、強請の他にも悪事を働いているんじゃあないかと思ってね」

「そうですか、金之助の野郎は部屋住みでね。餓鬼の頃から生意気で質の悪い奴ですよ」

手代は、金之助に恨みでもあるのか、口調を変えた。

「そんなに質が悪いのか……」

「ええ。餓鬼の癖に強請集りを働き、町娘を手込めにするわ。陸なもんじゃありませんよ」

手代は腹立たしげに云い募った。

「じゃあ、かなり恨みを買っているな」

「そりゃあもう……」

手代は頷いた。

「それにしても、父上は何をしているんだい」

「父親は吉岡帯刀って云いましてね。今は無役だそうですよ」

「部屋住みなら兄貴がいる筈だが……」

「ええ。真之助ってのがいましてね。噂じゃあ、弟の金之助とは似ても似つかない人柄だそうですよ」

「へえ。似ても似つかない人柄か……」

半次は、金之助にまったく人柄の違う兄の真之助がいるのを知った。

半兵衛は、質の悪いお宝探しの者共を手厳しく懲(こ)らしめていた。

「それにしても旦那、吉岡金之助と浪人の大原軍兵衛、いませんね」

音次郎は眉をひそめた。

「うん。何処で何をしているのか……」

「今日はもう、大人しく本郷の屋敷に帰ったのかもしれませんね」

「だったら良いが……」

半兵衛は、何故か不吉な予感を覚えた。

二

夕暮れ時。

根津権現は夕陽に覆(おお)われ、惣門の妓楼は賑わっていた。

半兵衛と音次郎は、門前町の蕎麦屋『藪久』に戻った。

蕎麦屋『藪久』は客で賑わっていた。

「御苦労さまでした、旦那。来ていますよ」

店主の久助は、二階を示した。

「そうか。酒と肴(さかな)を頼むよ」

半兵衛は、久助に酒と肴を頼んで階段をあがった。

音次郎が続いた。


二階の座敷には半次がいた。

「おう。御苦労さん……」

「旦那も御苦労さまでした」

半次は笑みを浮かべた。

「聞いたのか……」

半兵衛は苦笑した。

「ええ。久助さんから……」

半次は頷いた。

「親分、強請集りの浪人が二人に博奕打ちが二人。食い逃げの遊び人が三人。喧嘩の博奕打ちを二人。質の悪い奴らを旦那が容赦なく痛め付けて、根津権現や門前町から追い出しましたよ」

音次郎は、その時の事を思い出しながら楽しげに告げた。

「そうだってな。旦那、久助さんが喜んでいましたよ」

半次は笑った。

「おまちどおさま……」

久助が、酒と肴を持って来た。

「おう。待ち兼ねた」

音次郎は、久助から酒と肴を受け取った。

「じゃあ旦那、親分……」

音次郎は、半兵衛と半次に酒を注いだ。

「じゃあ……」

半兵衛、半次、音次郎は酒を飲み始めた。

「して、吉岡金之助の事、何か分かったかい」

半兵衛は、酒を飲みながら半次に訊いた。

「ええ……」

半次は、酒屋の手代から聞き込んだ事を報せた。

「そうか。評判は悪いか……」

「はい。随分と恨みを買っているようですね」

「して、父親の吉岡帯刀は無役で、兄貴の真之助は金之助と正反対の人柄か……」

「ええ……」

「それで親分。吉岡金之助、屋敷に戻りませんでしたか……」

音次郎は尋ねた。

「いいや。俺が聞き込んでいる間、戻って来なかったぜ」

半次は、怪訝に眉をひそめた。

「そうですか……」

「吉岡金之助、根津権現や門前町にいなかったのかい……」

「ええ。あれから何処に行ったのか……」

「そうか。旦那……」

「うん。ひょっとしたらお宝を見付けたかもしれないな」

半兵衛は笑った。

根津権現の夜は更け、惣門の妓楼は賑わい続けた。

盗賊土蜘蛛の藤五郎の隠したお宝は、本当にあるのか……。

根津権現や門前町には、お宝を探す者たちが彷徨き続けていた。

お宝探しの邪魔はしないが、質の悪い奴らは懲らしめる。

半兵衛と音次郎は、門前町の人々に迷惑を掛ける浪人や遊び人たちを容赦なく痛め付け、二度とお宝探しが出来ないようにした。

半次は、吉岡金之助と浪人の大原軍兵衛を捜した。だが、二人は根津権現や門前町にいなかった。

半次は、本郷弓町の吉岡屋敷を見張った。

金之助が、吉岡屋敷にいるかどうかは分からなかった。

半次は吉岡屋敷を見張り、金之助が動くのを待つしかなかった。


半兵衛と音次郎は、根津権現や門前町を見廻った。

お宝を探す者たちの中には、吉岡金之助と浪人の大原軍兵衛はいなかった。

「妙ですね。吉岡金之助と大原軍兵衛、毎日のように彷徨いていたって話なのに……」

音次郎は首を捻った。

「うむ。お宝はないと見定めたか、探すのに飽きたのかもしれないな」

半兵衛は読んだ。

「そうですかねえ。ああ云う奴ら、執念深いんですがねえ」

音次郎は首を捻った。

「ま、他人さまに迷惑を掛けずにいれば、何をしてたっていいさ」

半兵衛は苦笑した。

「白縫さま、音次郎さん……」

蕎麦屋『藪久』の小僧が、血相を変えて半兵衛と音次郎に駆け寄って来た。

「どうした……」

「浪人の大原が店に……」

小僧は、息を鳴らして告げた。

大原軍兵衛が蕎麦屋『藪久』に現れた。

「大原は一人かい……」

半兵衛は尋ねた。

「はい……」

小僧は、喉を鳴らして頷いた。

「旦那、吉岡金之助はどうしたんですかね」

音次郎は眉をひそめた。

「うむ。ま、とにかく行ってみよう」

半兵衛は、音次郎や小僧と蕎麦屋『藪久』に急いだ。

半兵衛は巻羽織を脱ぎ、音次郎を『藪久』の表に残して店に入った。

「いらっしゃいませ」

亭主の久助は、半兵衛を迎えた。

「おう。盛り蕎麦を貰おうか……」

半兵衛は、戸口の傍（そば）に座りながら注文した。

「はい……」

久助は、頷きながら店の奥を示した。

半兵衛は、それとなく窺（うかが）った。

店の奥では、浪人の大原軍兵衛が酒を飲んでいた。

半兵衛は、小僧の持って来た茶を啜（すす）りながら大原を見守った。

大原は、時々戸口を窺いながら酒を飲んでいた。

吉岡金之助と待ち合わせをしている……。

半兵衛は読んだ。

四半刻（しはんとき）（三十分）が過ぎた。

「亭主……」

大原は、亭主の久助を呼んだ。

「はい。何でしょうか……」

久助は、身構えながら大原の傍に行った。

「吉岡の若さまは来なかったか……」

「お見えじゃありませんが……」

「そうか、来ていないか。邪魔をしたな」

大原は立ち上がり、戸口に向かった。

「大原さま、お代は百五十文です」

久助は、声を引き攣らせた。

「何……」

大原は、久助を睨み付けた。

「上酒三合で百二十文、天麩羅が三十文。都合百五十文です」

久助は、恐怖に堪えて懸命に告げた。

「亭主、高が百五十文で命を棄てるか……」

大原は、冷酷な眼で久助を見据えた。

「高が百五十文か……」

半兵衛は苦笑した。

大原は、半兵衛を見て身構えた。

「高が百五十文だと云うなら、文句を云わずにさっさと払うんだな」

半兵衛は立ち上がり、久助を庇うように前に出た。

「何だ。手前は……」

大原は、半兵衛を見据えた。

「食い逃げが、偉そうな口をきくんじゃあない」

「おのれ……」

大原は、刀を抜こうとした。

半兵衛は、掌で素早く柄頭を押さえた。

大原は怯んだ。

「馬鹿な真似は止めるんだな」

半兵衛は笑った。

「煩い……」

大原は跳び退き、半兵衛との間合いを取ろうとした。

半兵衛は、間合いを取るのを許さず、踏み込んで十手を一閃（いっせん）した。

十手は、大原の刀の柄を握る右手の甲に鋭く食い込んだ。

「うっ……」

大原は、顔を醜く歪（ゆが）めて呻き声を洩（も）らした。

半兵衛は、再び十手を閃かせて大原の首筋を打ち据えた。

大原は、両膝を落してしゃがみ込んだ。

「大原軍兵衛、お代の百五十文を払い、もう二度と食い逃げはしない、町の衆（しゅう）に迷惑は掛けないと約束しろ」

「くそっ、不浄（ふじょう）役人か……」

大原は、腫（は）れ始めた右手を押さえ、悔（くや）しげに吐き棄てた。

刹那、半兵衛は刀を抜き打ちに一閃し、鞘に納めた。

眼を瞑る暇もない程の一瞬の出来事だった。

大原は、眼を瞠（みは）ったまま思わず左頬に手を当てた。

左頬に血が赤い糸のように浮かんだ。

半兵衛は、居合抜きで頬の皮一枚だけを斬ったのだ。

大原は、半兵衛の居合抜きの腕の冴（さ）えを知り、恐怖に凍て付（い）いた。

「大原軍兵衛、約束しなければ、次は首を斬り飛ばすよ」

半兵衛は笑い掛けた。

浪人の大原軍兵衛は、斬られた左頰を手拭で押さえ、打ち据えられた右手を腫らして蕎麦屋『藪久』から出て来た。

半兵衛の旦那に痛め付けられた……。

音次郎は、斜向かいの路地から眺めて嘲りを浮かべた。

大原は、足早に根津権現の境内に向かった。

塒に帰るのか、それとも本郷の金之助の屋敷に行くのか……。

音次郎は、大原の後を追った。


本郷弓町の吉岡屋敷は、出入りする者も余りいなく静かだった。

金之助は、吉岡屋敷から現れなかった。

屋敷にいるのか、いないのか……。

半次は、辛抱強く吉岡屋敷を見張った。

羽織袴の若い武士が、下男に見送られながら吉岡屋敷から出て来た。

半次は見守った。

「では、真之助さま、お気を付けて……」

「うむ。行って来る」

真之助と呼ばれた羽織袴の若い武士は、下男に見送られて出掛けて行った。

金之助の兄で吉岡家の嫡男の真之助だ……。

真之助は、金之助とは違って生真面目そうな若者だった。

半次は、出掛けて行く真之助を見送った。

下男は真之助を見送り、門前の掃除を始めた。

浪人がやって来た。

大原軍兵衛……。

半次は、物陰に潜んで見守った。

大原は、掃除をしている下男に近づいた。

「おい。金之助どのに大原軍兵衛が来たと報せてくれ」

「金之助さまは、お出掛けにございます」

下男は眉をひそめた。

「出掛けている……」

大原は戸惑った。

「はい。昨日からずっとお帰りじゃあございません」

「昨日から……」

「はい。御一緒じゃあなかったんですか……」

下男は、胡散臭そうに大原を見詰めた。

「う、うむ。邪魔したな」

大原は踵を返した。

下男は、大原を見送って屋敷に戻って行った。

半次は、物陰を出て立ち去って行く大原を見送った。

音次郎が現れ、半次に会釈をして大原を追って行った。

大原軍兵衛は、根津権現門前から来たのだ。

音次郎は、大原の行き先を突き止める為に尾行ている。

半次は読んだ。

吉岡金之助は屋敷にいない……。

半次は知った。

それも昨日からいないのだ。そして、大原はそれを知らなかった。

昨日、金之助は大原と別れてから一人で何処かに行き、今日迄屋敷に帰って来ていないのだ。

金之助は、何処で何をしているのだ。

半次は読んだ。だが、分かる筈はなかった。


浪人の大原軍兵衛は、本郷弓町から本郷通りに出て追分に向かった。

音次郎は尾行た。

大原は、追分の三叉路を右手の道に進んで曙の里に向かった。

曙の里は根津権現の裏手の通りであり、谷中に続いている。

谷中に行くのか……。

音次郎は、谷中に向かう大原を追った。


谷中天王寺は参拝客で賑わっていた。

大原軍兵衛は、天王寺門前町の裏通りに進んだ。

音次郎は追った。

大原は、天王寺門前町の裏通りを進み、古い長屋の木戸を潜った。そして、長屋の一軒の家に入った。

大原軍兵衛の家……。

音次郎は見届けた。


半兵衛と半次は、蕎麦屋『藪久』の二階の座敷で落ち合った。

「そうか。吉岡金之助、昨日から本郷の屋敷に戻っていないのか……」

半兵衛は眉をひそめた。

「はい。大原軍兵衛も知らなかったようです」

半次は告げた。

「大原もねえ……」

「ええ。何処で何をしているのやら……」

半次は首を捻った。

「うむ。浪人の大原軍兵衛には厳しく云い聞かせ、二度と町の衆に迷惑を掛けないと約束させたから、金之助も大人しくなるだろう」

「ええ。それなら良いんですが……」

「ま、盗賊土蜘蛛の藤五郎のお宝探しがどうなるか気になるが、此の辺りが引き時かな……」

　半兵衛は笑った。

「はい。久助さんの話じゃあ、旦那のお陰で質の悪い奴らは殆どいなくなったそうですから、潮時ですかね」

　半次は頷いた。

「旦那、親分……」

　音次郎が、階段をあがって来た。

「おう、大原の行き先、分かったか……」

　半兵衛は尋ねた。

「はい。あれから大原、本郷の吉岡屋敷に行き、谷中の天王寺門前町の長屋に帰りました」

　音次郎は報せた。

「天王寺門前町の長屋、大原の塒なのか……」

「はい。それで、ちょいと聞き込んだのですが、大原はその長屋の家に一人で暮らしていましてね。近所の者たちの評判、余り良くはありませんよ」

「そうか。ま、何かあれば直ぐに踏み込んでお縄にするが、今は此迄だな」

「はい……」

半次と音次郎は頷いた。

「白縫さま、親分……」

亭主の久助が、血相を変えて階段を駆け上がって来た。

「どうした……」

半兵衛は眉をひそめた。

「へい。千駄木の潰れた茶店で若いお侍が殺されているそうです」

久助は告げた。

「若い侍が……」

「はい。それが宮番人さんの話じゃあ、殺されている若い侍、吉岡金之助らしいってんです」

久助は眉をひそめ、声を震わせた。

「何……」

半次と音次郎は驚いた。

「久助、千駄木の潰れた茶店ってのは、何処だ……」

半兵衛は、刀を手にして立ち上がった。

千駄木は根津権現の裏にあり、小さな町の奥に旗本屋敷や寺があり、緑の田畑が広がっていた。
半兵衛、半次、音次郎は、蕎麦屋『藪久』の小僧に誘われ、千駄木の潰れた茶店に急いだ。

三

団子坂を下ると千駄木坂下町になり、石神井用水から分かれた小川が流れている。
小川に架かっている小橋の傍には大円寺があり、門前に潰れた茶店はあった。
茶店の前では、土地の者たちが恐ろしげに中を覗いて囁き合っていた。
半兵衛は、半次と音次郎を伴って茶店に入った。
茶店は薄暗くて汚く、饐えた臭いが漂っていた。
「こりゃあ旦那……」
自身番の者たちは、半兵衛、半次、音次郎を迎えた。

「北町奉行所の白縫半兵衛だ。若い侍の仏さんは何処だい……」

「はい。こちらです」

自身番の店番(たなばん)は、半兵衛たちを奥に誘った。


若い侍の死体は、奥の座敷に転がっていた。

半兵衛は、若い侍の死体に手を合わせてその顔を検(あらた)めた。

半次と音次郎も手を合わせ、若い侍の顔を覗き込んだ。

若い侍は吉岡金之助だった。

「吉岡金之助に間違いないね」

半兵衛は、若い侍の死体を旗本の倅、吉岡金之助だと見定めた。

「はい……」

半次と音次郎は頷いた。

「さあて、どうして死んだかだが……」

半兵衛は、金之助の死体を検めた。

「仏の身体や血の固まり具合からみると、死んだのは昨日の内だな。それで……」

半兵衛は、血の固まり具合を読み、金之助の背を検めた。

金之助は、背中から心の臓を突き刺されて死んでいた。

「背中から心の臓を一突き……」

半兵衛は致命傷を突き止め、他に傷はないか死体を調べた。

死体には、他に争った傷や防護傷などは一切なかった。

「背後からの一突きだけだね」

半兵衛は見定めた。

人の身体を良く知っている奴……。

半兵衛は、背後から心の臓を刺した者をそう睨んだ。

「はい。不意に後ろから襲われたんですかね」

半次は読んだ。

「ま、そんな処だろうが、金之助が何故、此の潰れた茶店に来たのかだな」

半兵衛は、薄暗くて汚い座敷を見廻した。

「刺した奴に誘われて来たんですかね」

「うむ。そして、死体や此処に争った跡がない処を見ると……」

半兵衛は読んだ。

「誘ったのは、顔見知りか親しい奴って事ですか……」

「きっとね……」

半兵衛は頷いた。

「旦那、親分。金之助、此の潰れた茶店に野良犬が出入りをしていると云われて来たんじゃありませんかね」

音次郎は読んだ。

「成る程、野良犬を餌に誘われたら、怪しまずに入って来るか……」

「違いますかね」

「いや。ひょっとしたら音次郎の読みの通りかもしれないぞ」

半兵衛は微笑んだ。

「ええ……」

半次は頷いた。

「そうですか……」

音次郎は、照れ笑いを浮かべた。

「それにしても分からないのは、どうして殺したのかだな」

「はい。二分程の金が入った財布が残されている処をみると、物盗りとは思えません。恨みじゃありませんかね」

半次は睨んだ。

「恨みか……」

「はい」

半次は頷いた。

「評判悪いですからね、金之助。きっといろいろ恨みを買っていますよ」

音次郎は眉をひそめた。

「よし。その辺から調べてみるか……」

「はい」

半次と音次郎は頷いた。

「じゃあ、本郷弓町の吉岡屋敷に此の事を報せ、仏を引き取らせるのだね」

半兵衛は、自身番の店番に告げた。


昨日、吉岡金之助は浪人の大原軍兵衛と別れた後、知り合いの者に野良犬を餌に大円寺門前の潰れた茶店に誘われた。そして、誘いに乗って潰れた茶店を訪れ、背後から心の臓を一突きにされて殺された。

殺された理由は恨み……。

吉岡金之助の悪行に泣かされた者は、根津権現門前町以外にも大勢いる。その中に殺したい程、金之助を恨んでいる者がいる。

「金之助を恨んでいる者を良く知っているのは、連んでいた浪人の大原軍兵衛か……」

半兵衛は、音次郎に案内させて半次と共に谷中天王寺門前町に急いだ。

谷中天王寺門前には岡場所のいろは茶屋があり、遊びに来た客で賑わっていた。

音次郎は、天王寺の西側の門前町の裏通りを進み、古い長屋の前で立ち止まった。

「此処か……」

半次は、木戸の奥の長屋を眺めた。

「はい。奥の家です」

音次郎は指差した。

「大原軍兵衛、一人暮らしだったね」

「はい……」

音次郎は頷いた。

「よし……」

半兵衛は、古い長屋の木戸を潜って奥の家に向かった。

半次と音次郎は、半兵衛に続いて木戸を潜った。


浪人の大原軍兵衛は、左頰に薄い刀傷を残し、腫れ上がった右手の甲を濡れ手拭で冷やしていた。

「何の用ですか……」

大原は、微かな怯えを滲ませて半兵衛を見詰めた。

「大原、吉岡金之助が殺されたよ」

半兵衛は、大原を見据えて告げた。

「金之助が……」

大原は驚いた。

「ああ。千駄木の潰れた茶店で、心の臓を背中から刺されてね」

半兵衛は、大原軍兵衛の驚きに嘘偽りはないと睨んだ。それに、知っていたなら、本郷弓町の吉岡屋敷に金之助を訪ねて行きはしない筈だ。

「本当ですか……」

「ああ。それで大原、金之助は恨みを買って殺されたとみたのだが、金之助を殺したい程、恨んでいた奴は誰だい……」

半兵衛は訊いた。

「金之助を殺したい程、恨んでいた奴か……」

「うむ。心当りあるだろう」

「そりゃあ、あるが……」

大原は首を捻った。

「なんだい……」

「大勢いて……」

大原は眉をひそめた。

「分からないか……」

半兵衛は苦笑した。

「ああ……」

大原は頷いた。

「大原、金之助を殺した奴は、連んでいたお前の命も狙っているかもしれない」

半兵衛は、真顔で告げた。

「そ、そんな……」

大原は狼狽えた。

「ま、そうなる前に、大勢いる中でも此ぞと云う奴を思い出すと良いな……」

半兵衛は、冷たく突き放した。


「じゃあ、半次、音次郎、大原を狙って来る奴がいるかどうか、見定めてくれ」

半兵衛は命じた。

「承知しました」

半次と音次郎は頷いた。

「私は本郷の吉岡屋敷に行ってみるよ」

半兵衛は、半次と音次郎を長屋に残して本郷弓町の吉岡屋敷に向かった。


本郷弓町の吉岡屋敷は表門を閉じ、夜の静寂に包まれていた。

半兵衛は、金之助の父親である吉岡帯刀に面会を求めた。

吉岡帯刀は、半兵衛を書院に通した。

　半兵衛は、書院で出された茶を飲んで吉岡帯刀の来るのを待った。

　吉岡屋敷は、既に金之助の遺体を引き取って来た筈なのに妙に静かだった。

　弔いの仕度はしているのか……。

　半兵衛は疑った。

「待たせたな……」

　燭台の火が揺れた。

　白髪頭の武士が、線香の香りを漂わせて書院に入って来た。

「吉岡帯刀だ」

「北町奉行所臨時廻り同心の白縫半兵衛です。急な訪問、お許し下さい」

　半兵衛は挨拶をした。

「うむ。して白縫、北町奉行所の者が、旗本家に何用だ」

「はい。御子息金之助どのの一件です」

「白縫、金之助は出先で急な病に襲われ、頓死致したが、それがどうかしたのか……」

　吉岡は、厳しい面持ちで半兵衛を見据えた。

「ほう。急な病での頓死ですか……」

「左様。病での頓死だ」

吉岡帯刀は、倅金之助が殺されたのではなく、病死として片付けようとしていた。

殺されたと騒ぎ立てて、金之助の日頃の悪行が公儀に知れては、吉岡家にどのようなお咎めがあるか分からない。

吉岡は、それを恐れて金之助の死を病による頓死としたのだ。

半兵衛は、吉岡の腹の内を読んだ。

「ならば、金之助どのを急な病に陥れた者を此のまま見逃しにしても宜しいのですか……」

半兵衛は、吉岡を見詰めた。

「白縫、金之助を急な病に陥れた者は、我らが始末する」

吉岡は、怒りを滲ませて云い放った。

「吉岡さま……」

半兵衛は眉をひそめた。

吉岡は、金之助の死を公儀には病による急死と届け、秘かに殺した者を始末しようとしているのだ。

「白縫、金之助を急な病に陥れた者、目星は付いているのか……」

吉岡は、半兵衛を睨み付けた。

「さあ、それは未だ……」

半兵衛は惚けた。

「そうか。もし目星が付いたならば、速やかに我らに報せるのだ。良いな、白縫。確と申し付けたぞ」

吉岡は居丈高に命じ、さっさと座を立った。

所詮、己の悪行の報いで殺された吉岡金之助の父親だ……。

半兵衛は呆れ、苦笑した。


半兵衛は、下男に見送られて吉岡屋敷の潜り戸を出た。

羽織袴の若い武士が、中間を従えてやって来た。

「お帰りなさいませ」

下男は、羽織袴の若い武士を頭を下げて迎えた。

「うん……」

羽織袴の若い武士は、半兵衛を怯えたような眼で一瞥して潜り戸を入って行った。

「若さまの真之助さまかな」

半兵衛は睨み、下男に尋ねた。

「はい。お気の毒に此で祝言が遅れますか……」

下男は、真之助に同情した。

「祝言……」

「はい。真之助さまは、徒頭の前田監物さまの御姫さまと半年後に祝言をあげる事になっておりましたが……」

「ほう。それはそれは、処で吉岡さまは何石取りでしたかな」

「五百石取りにございます」

「そうか……」

徒頭は千石取りの役職だ。

旗本五百石の吉岡家嫡男の真之助は、千石取りの徒頭前田監物の姫君を嫁に迎える事になっているのだ。だが、金之助の死によって祝言が遅れる。

「はい。では……」

下男は、半兵衛に頭を下げて吉岡屋敷に戻って行った。

半兵衛は、夜の闇に包まれている吉岡屋敷を見上げた。

吉岡帯刀と嫡男真之助……。

真之助は、怯えたような眼で半兵衛を一瞥した。

何故だ……。

半兵衛は気になった。


「吉岡帯刀さま……」

北町奉行所吟味方与力(ぎんみかたよりき)の大久保忠左衛門(おおくぼちゅうざえもん)は、鶴のような細い首を伸ばした。

「はい。倅金之助が殺された事を病死と公儀に届け、秘かに殺した者を始末すると云っておりましてね」

「そいつは穏やかではないな……」

忠左衛門は、白髪眉をひそめた。

「ま。殺された金之助を急病による頓死として闇に葬(ほうむ)りたい吉岡家としては、下手な真似をして事を荒立てはしないと思いますがね」

半兵衛は笑った。

「うむ。それにしても、町人相手に悪行を重ねた吉岡金之助を病死で済ませるのは、腹立たしいな」

忠左衛門は、首の筋を震わせた。

「はい。ま、吉岡帯刀がどうしようが、我らは探索を進めるだけです」

半兵衛は、不敵な笑みを浮かべた。

谷中天王寺門前町の長屋は、井戸端で洗濯をするおかみさんたちで賑やかだった。

半次と音次郎は、長屋に住む大原軍兵衛の動きと訪れる者を見張り続けていた。

今の処、大原は出掛ける事もなく、訪れる者もいなかった。

「妙な奴、来ませんね……」

音次郎は、欠伸(あくび)を噛(か)み殺した。

「ああ。金之助を殺(や)った奴、大原は恨んじゃあいないのかもしれないな」

半次は睨んだ。

「そうかもしれませんね」

音次郎は頷いた。

「うん……」

　もし、睨みが正しいのなら、大原軍兵衛の見張りは無駄であり、金之助の殺された潰れた茶店の周囲を調べた方がいい。

　天王寺門前町と潰れた茶店のある千駄木は近い。

「よし、音次郎。お前は此のまま大原軍兵衛を見張っていろ。俺はちょいと潰れた茶店に行って来る」

　半次は、音次郎を残して千駄木に向かった。


　潰れた茶店の座敷の畳には血が染み込み、乾いていた。

　半兵衛は、座敷を見廻した。

　壊れた家具の残骸、腐った畳、破れた障子や襖、崩れた壁……。

　半兵衛は、荒れ果てた座敷を調べた。

　座敷は荒れ果てていたが、やはり争った跡はなかった。

　不審な処はない……。

　半兵衛は見定め、座敷から店に出た。

店には縁台や床几が積み重ねられ、竈も崩れ掛けていた。

店にも不審な処はない……。

半兵衛は、店を出ようとした。

積み重ねられた縁台や床几の下に、何かがあった。

半兵衛は気付き、積み重ねられた縁台の下にある物を拾った。

拾った物は漆塗りの印籠だった。

印籠には〝丸に剣片喰〟の家紋が描かれていた。

丸に剣片喰……。

半兵衛は、〝丸に剣片喰〟の家紋の印籠を検めた。

印籠は埃を被ったり、土に塗れている様子はなかった。そして、中には傷の塗り薬と腹痛の丸薬、熱冷ましなどが几帳面に入れられているだけで、持ち主を示す物はなかった。

何れにしろ近頃残された印籠であり、金之助を殺した者が落として行ったものかもしれない。

半兵衛は睨んだ。

半次は、潰れた茶店の付近に住む者たちに聞き込みを掛けた。

金之助が殺された頃、潰れた茶店に出入りする者がいなかったか……。

半次は、聞き込みを続けた。だが、潰れた茶店に出入りする者を見た者はいなかった。

半次は、潰れた茶店に向かった。


潰れた茶店から半兵衛が出て来た。

「旦那……」

半次は、半兵衛に気が付き駆け寄った。

「やあ。どうした……」

「はい。大原軍兵衛に動きはなく、恨みを晴らしに来る者もいないので、音次郎に任せて聞き込みに来たんですぜ」

「そいつは御苦労だね。して、どうだった」

半兵衛は労い、聞き込みの結果を尋ねた。

「そいつが、潰れた茶店に出入りする奴を見た者はいないんですよね」

半次は眉をひそめた。

「そうか……」

「で、旦那、昨夜は……」

「うん……」

半兵衛は吉岡屋敷に赴き、金之助の父親の吉岡帯刀と逢った首尾を半次に伝えた。

「へえ、流石は陸でなしの金之助の親父。酷いもんですね」

半次は呆れた。

「まあな。処で潰れた茶店の店土間に、此の印籠が落ちていたよ」

半兵衛は、〝丸に剣片喰〟の家紋の描かれた印籠を見せた。

「金之助殺しに拘わりがありそうですか……」

「うん。埃や土に塗れていなくてね。誰かが最近、落として行ったようだ」

「ひょっとしたら、金之助を殺した奴かもしれませんね」

半次は、漸く見付けた手掛かりに意気込んだ。

「うむ。それで、丸に剣片喰の家紋の家を調べてみようと思ってね」

「何か分かると良いですね……」

半兵衛は北町奉行所に戻り、半次は聞き込みを続けた。

四

北町奉行所に戻った半兵衛は、〝丸に剣片喰〟の家紋を用いる家を調べた。
田中、中村、山田、林、酒井、北村、吉岡、奥田、坂井、及川、安達……。
〝丸に剣片喰〟の家紋を使う家は、数多くあった。
吉岡……。
半兵衛は、〝丸に剣片喰〟の家紋を使う家に吉岡家があるのを知った。
〝丸に剣片喰〟の家紋の印籠は、殺された吉岡金之助の物かもしれない。
半兵衛は気付いた。
もし、吉岡金之助の印籠ならば、殺した者を突き止める役には立たない。
半兵衛は、印籠が金之助の物かどうか調べる手立てを考えた。
吉岡屋敷に訊きに行くか、それとも連んでいた大原軍兵衛に尋ねるか……。
半兵衛は迷った。

天王寺門前町の古い長屋は、昼下がりの静けさに覆われていた。
音次郎は、辛抱強く大原軍兵衛の家を見張り続けた。

「どうだ。変わった事はないか……」

半次が戻って来た。

「ええ。大原は出掛けませんし、誰も来ちゃあいません。親分の方はどうでした」

「うん、潰れた茶店に出入りした奴を見た者はいなかったが、半兵衛の旦那が印籠を見付けてな。誰の物か調べているよ」

「そうですか……」

「よし。見張りを代わるぜ。一息入れてきな」

半次は、音次郎に小粒を渡した。

「はい。じゃあ……」

音次郎は小粒を握り、嬉しげに木戸から離れようとした。

刹那、三人の羽織袴の武士が長屋に入って来た。

音次郎は、慌てて戻った。

三人の武士は、半次と音次郎を一瞥して大原の家に向かった。

「親分……」

「うん……」

半次は、懐の十手を握り締めて三人の武士を見詰めた。

三人の武士は、大原の家の様子を窺った。

「野郎、何処の侍ですかね」

音次郎は、緊張した面持ちで三人の武士を睨み付けた。

「ひょっとしたら吉岡の家来かもな……」

半次は読んだ。

次の瞬間、三人の武士は大原の家の腰高障子を乱暴に開けて踏み込んだ。

半次と音次郎は、木戸の陰から飛び出した。


大原軍兵衛は、鞘を右腕の脇に抱え込んで左手で刀を抜いた。

三人の武士は、大原を取り囲んだ。

「大原軍兵衛だな」

武士の一人が念を押した。

「おのれ、何者だ……」

大原は、三人の武士を睨み付けて左手で刀を構えた。

「余計な事を云わぬよう、死んで貰う」

三人の武士は刀を抜き、大原に斬り掛かった。

大原は身を沈め、左手で刀を一閃した。

利き腕ではない左手で一閃された刀に鋭さと力強さはなく、呆気(あっけ)なく叩き落とされた。

大原は、壁際に追い詰められた。

「死ね……」

三人の武士は、刀を構えて大原に迫った。

刹那、外で呼子笛(よびこぶえ)が甲高(かんだか)く鳴り響いた。

「殺しだ。人殺しだ……」

そして、半次と音次郎の怒鳴り声(どなりごえ)が賑やかにあがった。

三人の武士は怯んだ。

大原は、その隙を衝(つ)いて三人の武士を突き飛ばし、戸口から外に転がり逃げた。


半次と音次郎は、転がり出て来た大原軍兵衛を庇うようにして騒ぎ立てた。

「人殺し、人殺しだ」

長屋の家々からおかみさんたちが顔を出し、近所の者たちが木戸から覗いた。

追って出て来た三人の武士は、顔を見合わせて木戸に逃げた。

近所の者たちは慌てて散った。
半次と音次郎は追った。
三人の武士は、木戸から逃げ出した。だが、直ぐに後退りして来た。
半次と音次郎は戸惑った。
半兵衛が、三人の武士に棒切れを突き付けて入って来た。
「昼日中、町方で刀を振り廻すとは、何様の家中の者だい」
半兵衛は笑った。
「黙れ、煩い」
三人の武士は、半兵衛に斬り込んだ。
半兵衛は、三人の武士の斬り込みを躱した。
三人の武士は、そのまま逃げた。
半兵衛は、棒切れを投げ付けた。
棒切れは、回転しながら武士の一人の脚に当たった。
武士は、脚を縺れさせて前のめりに倒れた。
半兵衛は、倒れた武士に駆け寄って刀を奪い取り、張り飛ばして押さえ付けた。
二人の武士は逃げ去った。

半次と音次郎が駆け付け、半兵衛が押さえ付けていた武士に縄を打った。

「旦那……」

「怪我はないか……」

「ええ。野郎、大原に余計な事を云わぬよう、死んで貰うと……」

半次は、井戸端で水を飲んでいる大原を示して囁いた。

「余計な事を云わぬよう、死んで貰うか……」

「はい……」

半次は頷いた。

「そうか……」

半兵衛は、井戸端の大原に近付いた。

「助かった……」

大原は、小さく頭を下げた。

「大原、どうやら吉岡は、金之助の悪行の仔細(しさい)を知るおぬしの口を封じたいようだ」

半兵衛は苦笑した。

「吉岡帯刀か……」

「うむ……」

「おのれ……」

「ま、その辺の詳しい事は、大番屋でじっくり訊き出すがね」

半兵衛は、縛りあげた武士を示した。

「そうか……」

「処で大原、此の印籠に見覚えあるか……」

半兵衛は、大原に〝丸に剣片喰〟の家紋の描かれた印籠を見せた。

「さあ、見覚えないな……」

大原は、首を横に振った。

「ならば訊くが、殺された吉岡金之助は印籠を持っていたか……」

「いいや。金之助は印籠など持つような奴じゃあない」

大原は苦笑した。

「金之助、印籠を持っていなかったのか……」

半兵衛は眉をひそめた。

「ああ……」

大原は頷いた。

「ならば、此の印籠は……」

半兵衛は、〝丸に剣片喰〟の家紋の印籠を見詰めた。

大番屋の詮議場は冷たく、血の臭いが微かに漂っていた。

大原軍兵衛を襲った武士は、詮議場の筵の上に引き据えられた。

「さあ、何様の家中の誰なのか、教えて貰おうか……」

半兵衛は、座敷の框に腰掛けて尋ねた。

「わ、私は村上清一郎。旗本家家中の者だ。町奉行所の咎めを受ける謂れはない」

村上清一郎と名乗った武士は、嗄れ声を震わせた。

「そうか、村上清一郎か……」

「い、如何にも……」

「ならば村上。旗本家の家中の者なら、その旗本が何処の何様か云わぬと、信用出来ぬ」

半兵衛は笑った。

「そ、そんな……」

村上は狼狽えた。

「信用して欲しければ、云わねばな。さもなければ、旗本家家中の者と偽る浪人村上清一郎として仕置する事になるが、それで良いな」

半兵衛は、笑顔で告げた。

「吉岡さまだ。旗本の吉岡帯刀さま家中の者だ」

村上は項垂れた。

「吉岡帯刀さまってのは、本郷弓町の吉岡帯刀さまだね」

「い、如何にも……」

村上は、苦しげに頷いた。

「ならば村上、浪人の大原軍兵衛の口を封じろとおぬしたちに命じたのは、吉岡帯刀さまだな……」

半兵衛は、村上を見据えた。

「それは……」

村上は躊躇った。

「云えぬか……」

「うむ……」

村上は、縋るように半兵衛を見て頷いた。

「処で村上、此の印籠は吉岡帯刀さまの物だな」

半兵衛は、村上に〝丸に剣片喰〟の家紋の描かれた印籠を見せた。

「此の印籠……」

村上は眉をひそめた。

「吉岡帯刀さまの物だな」

半兵衛は畳み掛けた。

「違う。殿の印籠ではない……」

村上は否定した。

「違う……」

「ああ……」

「吉岡帯刀の印籠ではないのに間違いないのだな」

「如何にも……」

村上は、落ち着いた面持ちで頷いた。

「では、誰の印籠か分かるか……」

「さあ……」

村上は首を捻った。

「そうか、分からぬか……」

〝丸に剣片喰〟の家紋の印籠は、殺された金之助や父親の帯刀の物ではなかった。

ならば誰の印籠なのだ……。

半兵衛は、厳しさを滲ませた。


本郷弓町には、物売りの声が長閑に響いていた。

旗本吉岡帯刀の屋敷は、表門を閉じて喪に服していた。

半兵衛は、吉岡屋敷を訪れて当主の帯刀に取次を頼んだ。

「何用にございますか……」

「白縫半兵衛が、御子息金之助どのを急な病に陥れた者を突き止めたとお伝え下さい」

半兵衛は伝えた。

「えっ……」

取次の者は、慌てて屋敷に戻った。そして、半兵衛は書院に通された。

吉岡屋敷には、云い知れぬ緊張感が漂っていた。

半兵衛は、出された茶を飲んで帯刀の来るのを待った。

帯刀は、足音を鳴らしてやって来た。

半兵衛は頭を下げた。

「白縫、金之助を急な病に陥れた者、何処の誰か突き止めたのか……」

帯刀は、性急に尋ねた。

「はい……」

半兵衛は頷いた。

「誰だ。何処の何者だ」

帯刀は、嚙み付かんばかりに半兵衛を睨み付けた。

知らない……。

帯刀は、倅金之助を殺した者が誰か、未だ気が付いてはいないのだ。

半兵衛は見定めた。

「金之助どのが倒れていた潰れた茶店に此のような印籠が落ちていましてな……」

「印籠……」

帯刀は眉をひそめた。

「はい……」

半兵衛は、帯刀の反応を窺いながら〝丸に剣片喰〟の家紋の描かれた印籠を差し出した。

帯刀は、印籠を見て顔色を変えた。

「印籠に描かれた丸に剣片喰の家紋。御当家吉岡家の家紋と同じにございますな」

「さ、左様……」

帯刀は、思わず己の腰に提げている印籠を押さえた。

帯刀の印籠は、金梨子地塗で金粉で丸に剣方喰の家紋を盛上蒔絵にした豪華な作りだった。

村上の云った通り、潰れた茶店に落ちていた印籠は、吉岡帯刀の物ではなかった。

「吉岡さま、金之助どのは日頃、印籠を持ち歩かなかったと聞いております」

「う、うむ……」

帯刀は、微かな狼狽を過ぎらせた。

半兵衛は、帯刀の微かな狼狽を見逃さなかった。

「となると……」

半兵衛は帯刀を窺った。

「白縫……」

帯刀は遮った。

「はい……」

「その方、何が云いたいのだ……」

帯刀は、半兵衛を見据えた。

「私は御子息金之助どのを急な病で死なせた者が何者か……」

「黙れ、もう良い……」

帯刀は、厳しく云い放った。

「はっ……」

半兵衛は、印籠を懐に素早く仕舞いながら帯刀を窺った。

「もう、良い……」

帯刀は、金之助を急な病に陥れた者が誰か気が付いたのだ。そして、苦渋に満ちた面持ちで微かに震えていた。

此迄だ……。

「ならば吉岡さま、私は此れて……」

半兵衛は、書院を出て式台(しきだい)に向かった。

帯刀は座り続けた。

「おのれ……」

帯刀は膝の上で拳(こぶし)を握り締め、無念さに小刻みに震わせた。

書院に差し込む陽は翳(かげ)った。


半兵衛は、式台を降りて表門に向かった。

刹那、吉岡真之助が白刃(はくじん)を輝かせて半兵衛に斬り付けて来た。

半兵衛は、咄嗟(とっさ)に十手を一閃した。

金属音が甲高く響き、真之助の刀が二つに折れて刃先(はさき)が飛んだ。

真之助は、折れた刀の柄を握り締めて後退りした。

「真之助どの、浪人の大原軍兵衛の口を封じたり、私を斬っても無駄ですぞ。御(ご)舎弟(しゃてい)金之助どのの死の真相、既に江戸の町の噂になり始めたと心得られよ」

半兵衛は、真之助に云い聞かせた。

「そ、そんな……」

真之助は、その場に膝から崩れ落ちた。

家来たちが、慌てて真之助に駆け寄った。

半兵衛は、真之助に哀れみの一瞥を与えて表門に向かった。


半兵衛は、吉岡屋敷を出た。

「旦那……」

半次と音次郎が駆け寄った。

「やあ。待たせたね……」

半兵衛は、本郷の通りに向かった。

半次と音次郎は続いた。

「旦那、首尾は……」

半次は尋ねた。

「帰りに真之助が斬り付けて来たよ」

半兵衛は苦笑した。

「真之助が……」

「うむ。印籠はやはり真之助の物だったよ」

「じゃあ、金之助を殺ったのは、兄貴の真之助ですか……」

半次は眉をひそめた。

「うむ……」

半兵衛は頷いた。

「どうして、兄貴が弟を殺ったんですかね」

音次郎は戸惑った。

「真之助は、徒頭の娘と祝言をあげる事になっていてね。金之助の日頃の悪行が公儀に知れて厳しいお咎めを受け、破談になるのを恐れた。おそらく真之助は、金之助に悪行を止めてくれと何度も頼んだのだ。だが、金之助は聞かずに悪行を続けた。そして、土蜘蛛の藤五郎の隠し金の騒ぎだ……」

半兵衛は読んだ。

「それで、真之助は野良犬を餌にして、金之助を潰れた茶店に誘い出し、後ろからの一突きですか……」

半次は読んだ。

「きっとな……」

半兵衛は睨んだ。

「でも、潰れた茶店で殺して、どう始末するつもりだったんでしょうね」

半次は首を捻った。

「うん。その辺りを考えると、真之助の金之助殺しは、不意に出逢い、思わず殺そうと思っての所業なのかもしれないな」

半兵衛は読んだ。

真之助は、悪行を楽しんでいる金之助に逢い、思わず殺意を覚えた。

殺す……。

真之助は、咄嗟に小判を咥えた野良犬を餌にし、金之助を潰れた茶店に誘き寄せた。

「ま、そんな処だろうな」

半兵衛は、すべてを読んだ。

「で、旦那、此の始末、どうするんですか……」

半次は、半兵衛の出方を窺った。

「うむ、事は旗本吉岡家の愚かな不始末。自分たちでどう片を付けるかだ」

「それ迄は知らん顔ですか……」

半次は苦笑した。

「ああ。世の中には私たちが知らん顔をした方が良い事もあるからね。ま、吉岡帯刀の片の付け方を見定めてからだ」

半兵衛は、愚かな金之助の為に苦しむ父親の帯刀や兄の真之助を哀れんだ。

「でも旦那、奴らが此のまま頬被りした時はどうするんですか……」

音次郎は心配した。

「安心しろ音次郎。そのときは、事の次第を御目付(おめつけ)、評定所(ひょうじょうしょ)に届ける迄だ」

半兵衛は笑った。

本郷の通りは多くの人が行き交っていた。

「さあて、今夜は久し振りに鳥鍋でも食べるか……」

半兵衛は笑った。

大久保忠左衛門は、用部屋(ようべや)に来た半兵衛を迎えて喉を大きく鳴らした。

「大久保さま、何用ですか……」

半兵衛は尋ねた。

「うむ。旗本吉岡帯刀さま、倅金之助の行状(ぎょうじょう)眼に余ると手討(てうち)にされたそうだ」

「吉岡さまが倅金之助を手討に……」

半兵衛は眉をひそめた。

「左様。そして、金之助の悪行の責めを取って腹を切ったそうだ」

忠左衛門は、嗄れ声を僅かに震わせた。

「吉岡さまが腹を……」

「うむ。切腹された」

「そうですか……」

旗本吉岡帯刀は、倅金之助を手討にしたとし、真相のすべてを背負って腹を切った。

「それで、吉岡家の家督は、嫡男の真之助が継ぐ事になったそうだ」

忠左衛門は告げた。

「そうですか……」

吉岡帯刀は、嫡男真之助が部屋住みの金之助を殺したと知り、吉岡家を護る最善の手立てを探した。そして、老い先短い自分が悪行を重ねる金之助を手討にし、切腹して責めを取り、真之助に吉岡家の家督を継がせるのが、最善の手立てだと見極めた。

真之助の縁談がどうなるかは分からないが、己の切腹に免じて公儀が吉岡家を厳しく咎める筈はない。

帯刀はそう決断し、腹を切った。

半兵衛は、吉岡帯刀の決断を哀れまずにはいられなかった。

盗賊土蜘蛛の藤五郎のお宝は見つからないままだった。

根津権現と門前町に広まったお宝探しの騒ぎは、刻(とき)が過ぎると共に探す者も減って下火になった。

「野良犬が咥えていた物は、本当に小判だったんですかねえ……」

音次郎は首を捻った。

「それに土蜘蛛の藤五郎のお宝、本当にあるのかどうか……」

半次は苦笑した。

根津権現と門前町に巻き起こったお宝探しの騒ぎは、刻の過ぎゆくままに消え去っていくのだ。

半兵衛は微笑んだ。

第二話　逢引き

一

月番の北町奉行所には、朝早くから公事訴訟に拘わる者たちが訪れていた。

北町奉行所臨時廻り同心の白縫半兵衛は、岡っ引の半次と下っ引の音次郎を伴って北町奉行所に出仕した。

「半兵衛さん、大久保さまがお呼びですよ」

当番同心が半兵衛を待っていた。

「大久保さまが……」

半兵衛は、半次と音次郎を同心詰所に待たせ、吟味方与力大久保忠左衛門の用部屋に赴いた。

中庭には木洩れ日が揺れていた。

半兵衛は、中庭に面した忠左衛門の用部屋を訪れた。

「遅いぞ、半兵衛……」

忠左衛門は、性急さを露にして筋張った細い首を伸ばした。

「申し訳ありません。して、御用とは……」

半兵衛は、逆らわずに直ぐ詫び、さっさと用件に入った。

「う、うむ。それなのだが半兵衛。七日前に上野北大門町の質屋恵比寿屋の主が殺された一件、覚えているな」

「はい。確か定町廻りの風間の扱いでしたね」

「うむ……」

忠左衛門は白髪眉をひそめた。

「そいつが何か……」

「うむ。風間は殺された恵比寿屋の主を恨んでいた者を洗っているのだが、どうにもはかばかしくないのだ」

忠左衛門は、不服げに細い首の筋を引き攣らせた。

「そうですか……」

恵比寿屋の主が殺されて未だ七日だ。そう容易に解決する筈もなく、未だ未だ此(これ)からだ。しかし、定町廻り同心の風間鉄之助(てつのすけ)は、昔から何事にも大雑把(おおざっぱ)であり、捕違(とりちが)いをしそうになった事も何度かあった。

忠左衛門は、そうした風間鉄之助を余り信用していない。

「ですが、未だ七日。探索は此からです。ま、此処(ここ)は今暫(いましばら)く、大久保さまの広いお心で見守ってやっては如何(いかが)ですか……」

半兵衛は笑い掛けた。

「う、うむ。そうか、儂(わし)の広い心でか……」

忠左衛門は、満更(まんざら)でもない面持(おもも)ちで笑みを浮かべた。

「ええ。ま、風間には、私からもそれとなく急ぐように云っておきます」

「そうか。ならば、そうしてくれ……」

忠左衛門は頷(うなず)いた。

「では……」

半兵衛は、忠左衛門の用部屋から早々に引き上げた。


同心詰所に風間鉄之助はいなかった。

おそらく、質屋『恵比寿屋』の主殺しの探索に出掛けているのだ。

半兵衛は、そう読んだ。

「旦那……」

半次と音次郎が、土間の囲炉裏（いろり）を囲んでいる縁台から立ち上がった。

「おう。待たせたな……」

半兵衛は、刀を手にして土間に降りた。


外濠（そとぼり）には風が吹き抜け、小波（さざなみ）が幾筋も走っていた。

半兵衛は、半次や音次郎と堀端（ほりばた）沿いの道を一石橋（いちこくばし）に向かった。

「へえ。恵比寿屋の旦那殺しですか……」

「うん。半次、恵比寿屋の旦那ってのは、どんな人だったか知っているか……」

「噂ぐらいなら……」

「聞かせて貰おうか……」

「はい。質屋恵比寿屋の旦那は幸兵衛（こうべえ）と云いましてね。噂じゃあ、質草（しちぐさ）を情け容（よう）赦（しゃ）なく流し、買い戻そうとすると高値を吹っ掛けるとか。他に高利で金を貸したり、女なら身体を担保に金を貸すとか、いろいろ評判は良くありませんよ」

半次は、殺された質屋恵比寿屋幸兵衛の悪い噂をあげた。

「恨んでいる者も多いか……」

半兵衛は眉をひそめた。

「ええ。処で旦那、幸兵衛はどんな風に殺されたんですかね」

半次は尋ねた。

「さあな……」

「分かりませんか……」

「うん。刺されたなら町方の者、斬られたなら侍の仕業か……」

半兵衛は読んだ。

「ええ。ま、どっちにしろ風間の旦那も大変ですね」

半次は、風間に同情した。

「うむ。大久保さまの堪忍袋も膨らみ、今にも破裂しそうだ」

半兵衛は苦笑し、神田堀に架かる竜閑橋を渡って神田八ツ小路に向かった。

神田川の流れは煌めいていた。

半兵衛は、半次や音次郎と神田川に架かっている昌平橋を渡り、明神下の通りを進んだ。

明神下の通りは不忍池に続き、下谷広小路に出る。その下谷広小路に面した町の一つに上野北大門町はある。

半兵衛、半次、音次郎は、いつの間にか上野北大門町に向かっていた。

下谷広小路は、東叡山寛永寺や不忍池に来た者たちで賑わっていた。

半兵衛、半次、音次郎は、下谷広小路を進んで上野北大門町の裏通りに入った。

質屋『恵比寿屋』は、上野北大門町の裏通りにあった。

「あそこですね……」

半次は、大戸を閉めている質屋『恵比寿屋』を示した。

半兵衛は、質屋『恵比寿屋』を眺めた。

質屋『恵比寿屋』は、主の幸兵衛が殺されて以来、店を閉めて商いを休んでいた。

「どうします」

半次は、半兵衛の出方を窺った。

「ま、風間の扱いの一件だが、ちょいと調べてみるか……」

半兵衛は、小さな笑みを浮かべた。

「はい。じゃあ、恵比寿屋と幸兵衛、どんな風だったか聞き込みますか……」

「そうしてくれ。私は自身番と木戸番に行ってくるよ」

「承知しました。行くよ、音次郎……」

半次と音次郎は、半兵衛と分かれて聞き込みに走った。

半兵衛は、上野北大門町の自身番に向かった。


「どうぞ……」

自身番の番人は、あがり框に腰掛けた半兵衛に茶を差し出した。

「ああ。造作を掛けるね、戴くよ」

半兵衛は茶を飲んだ。

「して、恵比寿屋はどうなっているのだ」

「何と申しましても、旦那の幸兵衛さんが殺されたとなると、お内儀さんも中々暖簾を出し難いんでしょうね」

自身番に詰めている家主は告げた。

「じゃあ、落ち着いたら店を開くつもりなのかな」

「はい。若旦那は未だ十二歳ですので、番頭さんを頼りに……」

「そうか……」

「処で、幸兵衛は何処でどうして殺されたのかな」

「は、はい。幸兵衛さんは、不忍池の畔で首を斬られて……」

「不忍池の畔で首を斬られてか……」

半兵衛は眉をひそめた。

斬ったのは侍……。

それも、首を斬ったとなるとかなりの剣の遣い手だ。

半兵衛は睨んだ。

「あの、白縫さま……」

家主は、半兵衛を遠慮がちに見詰めた。

「なんだい……」

「風間の旦那は……」

「ああ。私は風間の手伝い。助っ人だよ」

「そうですか……」

半兵衛は笑った。

「して、恵比寿屋の幸兵衛、どうして殺されたのか、界隈の者は何て云っているのかな」

半兵衛は、茶を飲みながら笑い掛けた。

「えっ……」

家主は、店番や番人と顔を見合わせた。

「心配するな。此処だけの話だ」

半兵衛は、笑顔で声を潜めた。

「そうですか。白縫さま、幸兵衛さんはいろいろと悪い噂がありましてね。恨みの果てに殺されたんだろうと……」

家主は眉をひそめ、云い難そうに告げた。

「そうか。して風間、今日はこっちに来たのかな」

「はい。今日も幸兵衛さんを恨んでいた者を捜していましたよ」

店番は告げた。

「あの、風間の旦那なら、さっき角の蕎麦屋に入って行きましたが……」

番人は、遠慮がちに告げた。

「ほう、角の蕎麦屋ね……」

昼飯前の蕎麦屋は空いていた。

北町奉行所定町廻り同心の風間鉄之助は、店の隅に座って一人酒を飲んでいた。

「おう……」

半兵衛は、風間の前に座った。

「半兵衛さん……」

風間は狼狽えた。

「私にも酒を頼む……」

半兵衛は、小女に注文した。

小女は、威勢良く返事をして板場に入って行った。

「幸兵衛殺しの探索、はかばかしくないようだな」

「はい。岡っ引の清吉たちが幸兵衛を恨んでいる者を割り出し、幸兵衛が殺された時、何をしていたかを洗っていますが……」

風間は、疲れた面持ちで告げた。

「おまちどおさまでした」

小女が、湯気を漂わせた徳利を持って来た。

風間は徳利を取り、半兵衛に酌をした。

「すまないね……」

半兵衛は酒を飲んだ。

風間は手酌で飲んだ。

「処で幸兵衛を殺したと思われる者、一人も浮かばないのか……」

「いえ。いろいろと探索して、若い浪人が浮かんだのですが……」

風間は肩を落とした。

「ほう。若い浪人ねえ」

半兵衛は、猪口を口元で止めた。

「ええ。幸兵衛が浪人に斬られる処を遠目で見ていた者がおりましてね。人相は良く分からないのですが、姿形の良く似た若い浪人が浮かびました。ですが……」

風間は悔しげに酒を呷った。

「違ったのか……」

「はい。幸兵衛が殺された時は女と逢っていたと云いましてね。直ぐに女に確かめたのですが、女は若い浪人の云う通り、幸兵衛が殺された時、一緒にいたと証言しまして……」

風間は、己を嘲るような笑みを洩らした。

「違ったか……」

「はい」

「その若い浪人、やはり幸兵衛を恨んでいたのか……」

「いえ。それが恵比寿屋に質入れをしたことはなく、幸兵衛を恨んじゃあいないと……」

「そして、幸兵衛が殺された時には、女と逢引きをしていたか……」

「ええ……」

風間は、手酌で酒を飲んだ。

「風間、その若い浪人と女、何処の誰だ……」

「えっ……」

風間は戸惑った。

「風間、お前は此のまま幸兵衛を恨んでいる者の洗い出しを続けろ。その若い浪人と女は、私がもう一度調べてみるよ」

半兵衛は告げた。

「半兵衛さん……」

「大久保さまが首筋を引き攣らせている。此以上、苛立たせない方が良い……」

　半兵衛は苦笑した。

　風間鉄之助が、蕎麦屋から足早に出て行った。

　半次と音次郎は見送り、蕎麦屋の暖簾を潜った。


「旦那……」

　半次と音次郎は、蕎麦屋の片隅にいる半兵衛の許に行った。

「おう。此処にいると良く分かったね」

「自身番の番人に訊きましてね……」

「そうか。ま、腹拵えをしな」

「はい……」

　半次と音次郎は、小女に蕎麦を頼んだ。

「で、どうだった……」

「そいつが、恵比寿屋の幸兵衛、噂通り評判の悪い奴でしてね。此と云って目新しい事はありませんでした」

半次は苦笑した。

「そうか。よし、じゃあ、入谷鬼子母神裏の長屋に住んでいる浪人の筧又四郎と妻恋町の煙草屋のおすみって娘を調べるよ」

半兵衛は告げた。

「浪人の筧又四郎と煙草屋のおすみですか……」

半次は眉をひそめた。

「うむ……」

半兵衛は、風間鉄之助に聞いた話を半次と音次郎に教えた。

「じゃあ、浪人の筧又四郎は、風間の旦那の探索に浮かんだ只一人の怪しい奴ですか……」

半次は、厳しさを過ぎらせた。

「うむ。そして、おすみは幸兵衛が殺された時、筧又四郎と逢引きをしていたと証言した」

「で、筧又四郎の疑いは晴れましたか……」

半次は読んだ。

「ま、そんな処だが、私たちはその辺りをもう一度、詳しく調べるよ」

半兵衛は告げた。

「分かりました」

半次と音次郎は頷いた。

「おまちどおさま……」

小女が、半次と音次郎に蕎麦を持って来た。


入谷鬼子母神の境内には、楽しげに遊んでいる子供の声が響いていた。

半兵衛は、半次や音次郎と共に鬼子母神裏の銀杏長屋を訪れた。

浪人の筧又四郎は、銀杏長屋の奥の家に一人で暮らしている。

半次は、奥の家の腰高障子を叩いた。

奥の家から返事はなかった。

「筧さん……」

半次は、再び腰高障子を叩いて声を掛けた。

だが、やはり筧又四郎の返事はなかった。

「留守のようですね」

半次は見定めた。

「うむ……」

「じゃあ旦那。此処はあっしが。旦那は妻恋町のおすみの処に行って下さい。音次郎、旦那のお供しな」

「承知……」

「よし。半次、気を付けてな。行くよ、音次郎……」

「はい……」

半兵衛は、音次郎を伴って湯島の妻恋町に向かった。

「さあて……」

半次は、井戸端で夕飯の仕度を始めた長屋のおかみさんに近づいた。


半兵衛は、音次郎と下谷広小路に戻り、明神下の通りから妻恋坂をあがった。

妻恋町は、妻恋坂をあがった突き当たりにあった。

半兵衛と音次郎は、妻恋町の自身番に立ち寄り、おすみと云う娘のいる煙草屋の場所を尋ねた。

「ああ、だるま屋ですか……」

煙草屋の屋号は『だるま屋』であり、主は庄八(しょうはち)と云う名の老爺(ろうや)であり、孫娘のおすみと二人暮らしだった。

半兵衛と音次郎は、裏通りを入った処にある煙草屋『だるま屋』に向かった。

煙草屋『だるま屋』は小さな店であり、老爺が居眠りをしながら店番をしていた。

半兵衛と音次郎は、煙草屋『だるま屋』を訪れた。

「庄八の父(と)っつあん、邪魔するよ」

半兵衛は、居眠りをしている庄八に声を掛けた。

「お、おいでなさい……」

庄八は、驚いたように眼を覚ました。

「やあ……」

半兵衛は苦笑した。

「煙草ですかい、旦那……」

庄八は、手拭で口元の涎(よだれ)を拭(ぬぐ)った。

「いや。煙草はいい。おすみにちょいと聞きたい事があってね。おすみ、いるかな」

半兵衛は尋ねた。

「旦那、おすみは未だ奉公先の鶯やから戻っちゃあいませんぜ」

庄八は眉をひそめた。

「奉公先の鶯や……」

「湯島天神の境内にある茶店ですよ。おすみ、そこに奉公していましてね。その辺の事は前にも云った筈ですがね」

庄八が、前に云った相手は風間鉄之助なのだ。

「庄八、その辺の事を前に云った相手は、私じゃあなくて風間って同心でね」

「えっ。ああ、そうか……」

庄八は、己の勘違いに気が付いた。

「私は北町奉行所の白縫半兵衛だ。二度手間になってすまないな」

半兵衛は詫びた。

「白縫半兵衛の旦那ですかい……」

庄八は、身分に拘りなく詫びる半兵衛に戸惑った。

「うむ。ならば庄八、おすみは何刻迄、湯島天神の茶店に奉公しているのかな」

「暮六つ（六時）迄ですが、白縫の旦那、おすみに用ってのは、筧又四郎って浪人の事でですかい」

庄八の嗄れ声には、微かな棘が窺われた。

「う、うん。そうだが……」

「旦那、出来るもんなら、筧又四郎、江戸から追い出しちゃあくれませんかい……」

「庄八は、筧又四郎が嫌いなのか……」

半兵衛は苦笑した。

「筧の野郎、おすみの疫病神になるかもしれねえ……」

庄八は、腹立たしげに告げた。

「疫病神……」

「ええ、そんな気がしてならねえんです」

庄八は、老顔を哀しげに歪めた。

「心配するな、庄八。もし筧又四郎がおすみの疫病神なら、私が何とかするよ」

半兵衛は笑った。

二

入谷鬼子母神裏銀杏長屋の井戸端は、夕飯を作るおかみさんたちで賑わっていた。

半次は、木戸の陰で浪人の筧又四郎が帰って来るのを待ち続けた。

筧又四郎は二十五、六歳の浪人であり、三年程前から銀杏長屋に住んでいた。

半刻（一時間）程前、半次は銀杏長屋のおかみさんたちに聞き込みを掛けた。

筧又四郎は、口入屋の仕事などをしている様子もなく、毎日出歩いている。

「じゃあ、暮らしの方便はどうしているんだい」

「さあねえ。借金の取立屋が来る訳でもないし、何かしら稼いでいるんだろうけど。何をしているのかねえ……」

筧又四郎の事は、詮索好きのおかみさんたちにも良く分からないのだ。

「ま、昼頃に出掛けて夜中に帰って来て、滅多に顔を合わす事もないけど、逢えばきちんと挨拶はするよ」

「そうかい。それで、どんな人が訪ねて来るんだい」

「訪ねて来る人なんていないよ」

「いない……」

「ええ。そう云えば、越して来てから訪ねて来た人なんか、一度も見た事ないよ」

おかみさんは、妙に感心した。

半次は、筧又四郎の素性と暮らし振りが良く分からないのを知った。

浪人の筧又四郎とは何者なのか……。

半次は、井戸端の賑わいを眺めながら筧又四郎の帰りを待った。


夕暮れ時が近付き、湯島天神境内を行き交う参拝客は減った。

半兵衛は、音次郎と共に境内の片隅にある茶店『鶯や』を訪れた。

「おいでなさいまし……」

若い茶店女が迎えた。

半兵衛と音次郎は、縁台に腰掛けて茶を頼んだ。

おすみと思われる女は、迎えた若い茶店女しかいない。

半兵衛と音次郎は見定めた。

「お待たせ致しました……」

僅かな刻が過ぎ、若い茶店女が半兵衛と音次郎に茶を持って来た。

「お前さんがおすみだね……」

半兵衛は、周囲に客がいないのを見定めて確かめた。

「は、はい……」

微かな戸惑いを過ぎらせながら頷いた若い茶店女は、おすみに間違いなかった。

「私は北町奉行所の白縫半兵衛、こっちは音次郎……」

半兵衛は名乗り、音次郎を引き合わせた。

「はい……」

おすみは、微かな怯(おび)えを滲(にじ)ませて頷いた。

「おすみ、北町奉行所の風間って同心に訊かれた事だが、上野北大門町の質屋恵比寿屋の旦那が殺された時、浪人の筧又四郎はお前さんと一緒にいたそうだね」

半兵衛は尋ねた。

「はい……」

おすみは頷いた。

「そいつは間違いないんだね」

半兵衛は、おすみを見据えた。

「間違いありません。又四郎さんは私と一緒にいました。ですから、恵比寿屋の旦那さまを殺すなんて出来ません」

おすみは、半兵衛を見詰めて懸命に告げた。

「おすみ、じゃあ、筧又四郎とは何処(どこ)であっていたのかな」

「それは、風間さまにも申しましたが、不忍池の畔の茶店の奥の部屋で……」

おすみは、俯(うつむ)き加減に告げた。

「不忍池の畔の茶店……」

「はい……」

「確か婆(ばあ)さんが一人でやっている店だね」

半兵衛は、不忍池の畔で小旗(こばた)を風に翻(ひるがえ)している古い小さな茶店を思い出した。

「はい……」

「して、何刻から逢っていたのかな」

「私が此処の仕事を終えてからですので、暮六つ過ぎに……」

「暮六つ過ぎか。おすみが行った時、筧又四郎は来ていたのか……」

「はい。奥の部屋でお酒を飲んでいました」

「それから、ずっと一緒にいたのかな」

「はい……」

おすみは、固い面持ちで頷いた。

「途中で筧又四郎が出掛けたって事はないね」

半兵衛は念を押した。

「はい……」

おすみは、半兵衛を懸命に見返しながら頷いた。

「そうか……」

半兵衛は茶を飲んだ。

「お邪魔しますよ」

大店(おおだな)の隠居風の夫婦が茶店を訪れた。

「おいでなさいませ。白縫さま、じゃあ……」

おすみは、半兵衛に頭を下げて隠居風の夫婦の許に行った。

「旦那、恵比寿屋の旦那が殺されたのは、暮六つ過ぎに湯島天神裏の切通し(きりどお)です。筧又四郎が、暮六つ過ぎからずっとおすみと一緒にいたなら無理ですね」

音次郎は読んだ。

「そうだな。だが、不忍池の畔と湯島天神裏の切通しは近い。やってやれない事はないだろう」

半兵衛は笑った。

「もしそうなら、旦那……」

音次郎は、思わず奥で茶の仕度をしているおすみを見た。

「かもしれないな」

半兵衛は、厳しい面持ちで頷いた。

「どうします」

「暮六つが過ぎると、おそらく妻恋町のだるま屋に帰るだろう。おすみを頼む。私は不忍池の畔の茶店に行ってみるよ」

半兵衛は、音次郎を残して不忍池に急いだ。


不忍池は夕陽に映(は)えていた。

古い小さな茶店は、夕暮れの風に〝茶〟と書かれた小旗を揺らしていた。

「そうか、若い浪人が暮六つ前に来て奥の部屋で酒を飲み始め、暮六つ過ぎに若い女がやって来たか……」

半兵衛は、茶店の老婆に念を押した。

「ええ。それで私は店を閉めて、後は見ざる聞かざる云わざるですよ」

老婆は歯のない口で笑った。

「で、若い浪人と若い女、いつ帰ったんだい」

「一刻後の戌の刻五つ（午後八時）頃ですよ」

「その間、若い浪人が出掛けるって事はなかったんだね」

「ええ。部屋から出たのは、裏の厠に入った時ぐらいですよ」

「裏の厠ねえ……」

半兵衛は、茶店の奥の裏口を見た。

裏口の外には厠があり、夕陽が沈んで薄暮に覆われた不忍池が見えた。

「旦那、そろそろ店を閉めたいんだけどねえ」

「うむ……」

寛永寺の暮六つの鐘が、薄暮の空に静かに響き始めた。


銀杏長屋の家々には明かりが灯され、家族の楽しげな笑い声が洩れていた。

半次は、一軒だけ暗い筧又四郎の家を見張り続けていた。

夜廻りの木戸番が、拍子木を打ち鳴らして通り過ぎて行った。

「未だ帰って来ないのか……」

半兵衛が夜の闇から現れた。

「旦那……」

半次は迎えた。

半兵衛は、暗い筧の家を眺めた。

「いつも、昼過ぎに出掛けて夜中に戻るそうですよ」

半次は苦笑した。

「だったら、鬼子母神の横に出ている夜鳴蕎麦屋に行こう」

夜鳴蕎麦屋の屋台から銀杏長屋の木戸が見える。

半兵衛は、半次を伴って夜鳴蕎麦屋の屋台に行き、酒を頼んだ。そして、銀杏長屋の木戸が見える処に床几を動かし、腰掛けた。

「へい、お待たせ致しました」

夜鳴蕎麦屋の亭主は、半兵衛と半次に酒の満ちた湯呑茶碗を持って来た。

「おう……」

半兵衛と半次は、湯呑茶碗に満たされた酒を飲みながら銀杏長屋を見張った。

「旦那、音次郎はおすみの処ですか……」

「うん……」

半兵衛は、酒を飲みながらおすみの事を半次に教えた。

「そうですか、筧又四郎、恵比寿屋の幸兵衛が殺された時、おすみと不忍池の畔の茶店で逢引きをしていましたか……」

半次は、喉を鳴らして酒を飲んだ。

「うむ。だが、不忍池の畔と幸兵衛が殺された湯島天神裏の切通しは、眼と鼻の先だ。それが気になってね……」

半兵衛は酒を飲んだ。

「旦那……」

半次は、酒を飲みながら鬼子母神の前からやって来る人影を示した。

人影は、半兵衛と半次、そして夜鳴蕎麦屋の屋台の前を通り過ぎた。

人影は若い浪人だった。

若い浪人は、背が高く精悍な顔をしていた。

半兵衛と半次は、若い浪人を見守った。

若い浪人は、銀杏長屋の木戸を潜って行った。

半兵衛と半次は追った。

銀杏長屋の木戸を潜った若い浪人は、奥の家に入った。

「旦那、やっぱり筧又四郎ですぜ」

「ああ……」

半兵衛は頷いた。

筧又四郎の暗い家に明かりが灯された。

半兵衛と半次は、筧又四郎を見定めた。


「ですが旦那、もし筧又四郎が幸兵衛を殺(や)ったとしたら、どんな恨みを持っていたんですかね」

半次は眉をひそめた。

「分からないのはそいつだ。半次、暫く筧に張り付いてみてくれ」

半兵衛は命じた。

「はい……」

半次は頷いた。

分からないのは、筧又四郎が幸兵衛を殺した理由だけではない。筧が、幸兵衛がいつ切通しを通るか、どうして知っていたのかだ。

筧又四郎が幸兵衛を斬ったとするのは、やはり無理があるのかもしれない。

半兵衛は想いを巡らせた。

違うならそれでも良い……。

それも、幸兵衛を殺した者に辿り着く道筋の一つなのだ。

半兵衛は、筧又四郎の探索を急ぐ事にした。


半次は浪人の筧又四郎、音次郎は茶店女のおすみを見張った。

半兵衛は、質屋『恵比寿屋』を訪れた。

質屋『恵比寿屋』は、番頭を中心にして既に暖簾を掲げていた。

半兵衛は、幸兵衛が殺された日、何処に何をしに行っていたのか、番頭に尋ねた。

番頭は声を潜め、質屋の他に幸兵衛がやっていた高利貸の取り立てに行っていたと告げた。

「貸した金の取り立てか……」

半兵衛は眉をひそめた。

「はい。借金をしたのが誰か、手前は存じませんが、五十両程の大金の取り立てでして、旦那さまが御自分から行ったのです」

番頭は告げた。

「ほう。借金の取り立てねえ」

「はい……」

「して、幸兵衛は一人で取り立てに行ったのかい……」

「いいえ。取立屋の万造をお供に……」

「取立屋の万造……」

初めて聞く名が出て来た。

「はい」

番頭は頷いた。

風間鉄之助の調べの中に、取立屋の万造の名前は出ていない。

幸兵衛が襲われた時、取立屋の万造はどうしたのだ。

半兵衛は戸惑った。

「幸兵衛が襲われた時、取立屋の万造はどうしていたのか分かるかな」

「はい。万造の話では、切通しに入る前、本郷四丁目の北ノ天神真光寺の門前で別れたそうです」

「そうか……」

切通しに入る前に別れたのならば、風間の調べに出て来ないのは当然だ。だが、取立屋の万造には、逢ってみる必要がある。

「番頭、取立屋の万造の家は何処かな……」

半兵衛は、番頭に訊いた。

湯島天神境内は参拝客で賑わっていた。

音次郎は、茶店『鶯や』を見張った。

茶店『鶯や』では、おすみが忙しく客の相手をしていた。

音次郎は見張り続けた。

銀杏長屋は、おかみさんたちの洗濯も終わって静けさが訪れていた。

筧又四郎は動かない……。

半次は、銀杏長屋の木戸の陰から筧又四郎の家を見張っていた。

昼が近づいた。

筧又四郎の家の腰高障子が開いた。

動く……。

半次は、素早く物陰に隠れた。

筧又四郎が現れ、井戸端に人がいないのを見定めて出掛けて行った。

半次は追った。


本郷の通りは多くの人が行き交っていた。

半兵衛は、本郷の通りを横切って本郷四丁目北ノ天神真光寺門前町に入った。

そして、門前町の裏長屋を訪れた。

裏長屋の井戸端では、二人の若いおかみさんが幼子(おさなご)たちを遊ばせていた。

「やあ、ちょいと尋ねるが……」

半兵衛は、二人の若いおかみさんに声を掛けた。

「はい……」

二人の若いおかみさんは、顔を見合わせた。

「万造の家は何処かな」

半兵衛は、質屋『恵比寿屋』の番頭から取立屋の万造が北ノ天神真光寺の門前町にある裏長屋に住んでいると聞いて来た。

「万造さんの家なら木戸の傍です」

若いおかみさんは、木戸の前の家を示した。

「そうか……」

半兵衛は、木戸の前の家に向かった。そして、家の腰高障子を叩いた。だが、家の中から返事はなかった。

「あの……」

若いおかみさんが、遠慮がちに声を掛けた。

「なんだい……」

半兵衛は振り返った。

「万造さん、今朝方出掛けて行きましたよ」

「じゃあ、留守か……」

「きっと……」

若いおかみさんは頷いた。

「処で万造、普段はどんな様子だい……」

「どんなって……」

二人の若いおかみさんは、困惑したように顔を見合わせた。

「心配ない。此処だけの話だよ」

半兵衛は、親しげに笑った。

「殆ど出掛けていて、いる時は家に閉じ籠もっていますよ」

「じゃあ、長屋のみんなと余り付き合いはないんだね」

「はい……」

二人の若いおかみさんは頷いた。

「ならば、万造を訪ねて来る者はいなかったかな」

「いなかったと思いますけど……」

一人の若いおかみさんは首を捻った。

「私は一度だけ見た事がありますよ」

残る若いおかみさんが告げた。

「ほう、どんな奴が訪ねて来たのかな」

「博奕打ちですよ」

若いおかみさんは眉をひそめた。

「博奕打ち……」

「ええ。博奕打ちたちと用心棒の浪人が訪ねて来ましてね。借金の取立屋が博奕で借金を作り、取り立てを受けていちゃあ世話はねえって、笑っていましたよ」

若いおかみさんは苦笑した。

取立屋の万造は、博奕の借金があるのだ。

半兵衛は知った。

「へえ。そいつは面白いね。して、その時の用心棒の浪人、どんな奴だったかな」

「若くて背の高い浪人さんでしたよ」

用心棒の若くて背の高い浪人は、ひょっとしたら筧又四郎なのかもしれない。

万造が借金を作った賭場は、何処の貸元の賭場なのだ。

「で、博奕打ちたちは、何処の賭場の者か分かるかな……」

半兵衛は訊いた。

「さあ、そこ迄は……」

若いおかみさんは首を捻った。

潮時だ……。

「そうか。いや、お陰でいろいろ助かったよ。こいつで子供に団子でも買ってやってくれ」

半兵衛は、二人の若いおかみさんにそれぞれ小粒を渡した。

「あら……」
二人の若いおかみさんは、嬉しげに顔を綻ばせた。
浅草橋場町は、隅田川沿いにあって寺の多い町だ。
筧又四郎は、入谷から日本堤を抜けて浅草橋場町にやって来た。
何処に行くのだ……。
半次は、慎重に後を尾行た。
橋場町に入った又四郎は、明運寺と云う古寺の裏手に廻った。
裏手には古い土塀が廻され、裏門があった。
又四郎は、閉じている裏門を叩いて何事かを告げていた。
半次は、土塀の陰から見守った。
裏門が開き、半纏を着た若い男が出て来て又四郎を迎えた。
又四郎は、半纏を着た若い男に笑い掛けて裏門を潜った。
半纏を着た若い男は、辺りを油断なく窺って裏門を閉めた。
賭場だ……。
明運寺には賭場があり、半纏を着た若い男は留守番の三下なのだ。

半次は読んだ。

筧又四郎は、日のある内に賭場に来た。それは、客ではなく賭場に拘わりのある者の証しだ。

筧又四郎は賭場の用心棒なのか……。

半次は睨んだ。

三

北町奉行所には、様々な者が出入りしていた。

半兵衛は、同心詰所に入った。

「あっ、半兵衛さん……」

風間鉄之助が、探索から戻って来ていた。

「おう。風間……」

半兵衛は、風間鉄之助を土間の大囲炉裏を囲む縁台に呼んだ。

「どうだ……」

半兵衛と風間は、縁台に腰掛けた。

「それが、幸兵衛を恨んでいる奴は次々に浮かぶんですがね」

風間は眉をひそめた。

「殺ったと思える奴はいないか……」

「ええ……」

風間は、疲れたような面持ちで頷いた。

「そうか……」

「で、半兵衛さん、筧又四郎は……」

「うん。そいつなんだがね。いろいろありそうだね」

「やっぱり……」

風間は、思わず膝を進めた。

「処で風間、幸兵衛の処の取立屋の万造、知っているな」

「はい。ですが、万造は本郷の北ノ天神真光寺の前で、切通しを行く幸兵衛と別れていますから……」

「風間、そいつは万造の云った事だ」

「えっ。じゃあ、万造が嘘を……」

「まあ、未だ決め付ける訳にはいかないがな。で、風間、取立屋の万造、博奕打ちに借金があるようだが、何処の賭場に出入りしているのか知っているか……」

「えっ。万造、博奕打ちに借金があるのですか……」

風間は驚いた。

「うむ。そうか、知らなかったか……」

「はい……」

「じゃあ風間、幸兵衛が金を貸している相手に博奕打ちはいないかな」

「今の処はいませんが。分かりました、直(す)ぐに調べてみます」

風間は、足早に同心詰所を出て行った。

半兵衛は、苦笑しながら見送った。

湯島天神境内の茶店『鶯や』には、参拝を終えた客が寛(くつろ)いでいた。

おすみは、忙しく働いていた。

音次郎は見張りを続けた。

半纏を着た若い男がやって来た。

「いらっしゃいませ」

おすみは迎えた。

「ちょいと尋ねるが、おすみさんって人はいるかい」

半纏を着た若い男は、おすみに尋ねた。

「は、はい。おすみは私ですが……」

おすみは、半纏を着た若い男に怪訝な眼を向けた。

「何だ、お前さんか……」

半纏を着た若い男は、薄笑いを浮かべておすみに何事かを囁いた。

「えっ……」

おすみは、戸惑いを浮かべた。

「じゃあ、渡したぜ」

半纏を着た若い男は、おすみに結び文を渡して立ち去った。

どうする……。

音次郎は、半纏を着た若い男を追うか、此のままおすみを見張るか迷った。

おすみは、店の脇に行って結び文を開いて読み始めた。

音次郎は見守った。

結び文を読むおすみは、嬉しそうに顔を綻ばせた。

筧又四郎からの結び文なのか……。

音次郎は睨み、おすみを見張り続ける事に決めた。

浅草橋場町に連なる寺の屋根は、夕陽に照らされていた。

半次は、明運寺の斜向かいの寺の老寺男に小粒を握らせた。

「明運寺の賭場ですかい……」

老寺男は、小粒を握り締めて薄笑いを浮かべた。

「ああ。賭場、あるんだろう。明運寺に……」

「ええ。本堂の裏の家作が……」

「やっぱりな。で、仕切っている博奕打ちの貸元、何処の誰かな」

「花川戸の五郎蔵ですよ」

老寺男は告げた。

「花川戸の五郎蔵か……」

博奕打ちの貸元花川戸の五郎蔵の名は、半次も聞いている。

「ええ……」

「どんな奴だい」

「貸した金は忘れないが、借りた金は直ぐに忘れるって専らの評判ですよ」

「随分、手前に都合の良い奴なんだな」

半次は苦笑した。

「ええ……」

「で、賭場の評判はどうなんだい……」

「評判の良い賭場なんぞ、余り聞いた事がないけど、明運寺の賭場も時々するそうですよ、如何様。で、疑ったり、文句を云うと用心棒が御出ましって段取りだとか……」

「用心棒、背の高い若い浪人じゃあないかな」

半次は、筧又四郎を思い浮かべて尋ねた。

「確かそんな奴ですよ」

老寺男は頷いた。

「そうか……」

明運寺の家作で開帳される賭場は、博奕打ちの貸元の花川戸の五郎蔵が開くものであり、浪人筧又四郎が用心棒を務めているのだ。

半次は読んだ。

浪人の筧又四郎の日々の暮らし振りが次第に分かって来た。だが、殺された幸兵衛との拘わりは浮かんではいなかった。

暮六つが過ぎ、日が暮れた。

おすみは、その日の仕事を終えて湯島天神境内の茶店を出た。

妻恋町にある煙草屋『だるま屋』に帰るのか、それとも結び文に誘われて他の処に行くのか……。

音次郎は尾行た。

おすみは、湯島天神の大鳥居を潜って門前町に進んだ。

そのまま進めば妻恋町に帰る事になり、東の中坂に曲がって下れば明神下の通りに出る。

明神下の通りは、神田川に架かっている昌平橋と不忍池を結ぶ道であり、何処にでも行ける。

おすみはどちらに行くのか……。

音次郎は追った。

おすみは、中坂に曲がらず真っ直ぐに進んだ。

祖父の庄八のいる妻恋町の煙草屋『だるま屋』に帰る……。

音次郎は、微かな安堵を覚えた。

おすみは、途中で買い物をしながら足取りを早めた。

妻恋町の煙草屋『だるま屋』は、主の庄八が店先を片付けて店仕舞いをしていた。

「お祖父ちゃん、只今……」

おすみは駆け寄った。

「おお、おすみ、帰ったかい……」

庄八は笑顔で迎えた。

「うん。急いで御飯の仕度をするね」

「ああ、頼むぜ」

おすみは、煙草屋『だるま屋』に入って行った。

庄八は辺りを見廻し、妙な事がないと見定めて煙草屋『だるま屋』の大戸を閉めた。

音次郎は見届けた。

囲炉裏の火は、掛けられた鍋の底を包んでいた。

半兵衛、半次、音次郎は、囲炉裏端に座って酒を飲んだ。

「おすみに結び文が届けられたか……」

半兵衛は小さく笑った。

「はい。筧又四郎の逢引きの呼び出しかと思ったんですが、おすみは真っ直ぐ妻恋町に帰りました」

音次郎は告げた。

「そうか。ま、結び文が誰からの物か分からない限り、油断は出来ぬ。明日もおすみから眼を離すな」

半兵衛は命じた。

「承知しました」

音次郎は頷いた。

「その筧又四郎ですが、浅草橋場町の賭場の用心棒をしていましたよ」

半次は告げた。

「賭場の用心棒だと……」

半兵衛は眉をひそめた。

「ええ。そいつが何か……」

半次は、半兵衛が眉をひそめたのが気になった。

「うむ。殺された幸兵衛に使われていた取立屋の万造、賭場に借金を作り、博奕打ちや用心棒の浪人に取り立てられていたそうだ」

半兵衛は告げた。

「じゃあ、取立屋の万造が借金を作った賭場ってのは……」

「浅草橋場町の賭場かもしれない。して、賭場の貸元は……」

「浅草花川戸の五郎蔵って野郎です」

「花川戸の五郎蔵……」

取立屋の万造は、花川戸の五郎蔵の賭場で借金を作って取り立てを受けていた。そして、五郎蔵の賭場の用心棒の筧又四郎には、質屋『恵比寿屋』幸兵衛殺しの疑いが掛かった。

半兵衛は読んだ。

「半次、幸兵衛と五郎蔵に何か拘わりはないのかな……」

「えっ……」

半次は戸惑った。

「幸兵衛と五郎蔵の拘わりですか……」

あの人も、
読んでるらしい。

書き下ろし

平谷美樹(ひらや よしき)

義経暗殺

ある朝、奥州平泉で義経が死んでいた！ 自殺と断じるには不審な点が多い。当代随一の秀才、清原実俊が導き出した真実は!? 熱い思いが落涙を呼ぶ傑作長編。

［長編歴史ミステリー］本体741円＋税 978-4-575-66873-5

双葉文庫初登場

山本風碧(ふみ)

神様の名前探し②

ハルばあさんの日記を手に入れた瑛太と薫は、夏休み、薫の三兄の住む九州の神社へ向かう……幼馴染2人と《神様》の奇妙な旅、第二弾。

［キャラクター小説］本体583円＋税 978-4-575-52083-5

書き下ろし

四葉タト(よつば ゆうと)

あやかし電気店の陰陽師

スマホを契約する神様に、美顔器を買うのっぺらぼう!? 新米陰陽師が不思議な電気店で奮闘する、笑って泣けるあやかしドラマ!!

［キャラクター小説］本体602円＋税 978-4-575-52084-2

双葉文庫初登場

Kate

LOOP THE LOOP 飽食の館（下）

『望んだ物が何でも手に入る』不思議な館に囚われた若者達を襲う惨劇。一体誰が何のために!? 人気ミステリー・サスペンスゲームの小説版、待望の下巻！

［キャラクター・ミステリー］本体676円＋税 978-4-575-52085-9

「うん。幸兵衛の取立屋の万造は、五郎蔵の賭場の客。幸兵衛殺しの疑いを掛けられた筧又四郎は、五郎蔵の賭場の用心棒……」

「どちらも五郎蔵に絡んでいますか……」

半次は眉をひそめた。

「そうですね……」

音次郎は、喉を鳴らして頷いた。

「よし。半次、幸兵衛と五郎蔵の拘わりを探ってみるか……」

「はい……」

半次と音次郎は頷いた。

囲炉裏に掛けてあった鍋が、湯気をあげて蓋を鳴らした。

「さあ、音次郎、雑炊が出来たよ」

半兵衛は、鍋の蓋を取った。

湯気が大きく立ち昇った。

殺された質屋『恵比寿屋』幸兵衛と花川戸の五郎蔵の拘わりとは何か……。

半兵衛は読んだ。

幸兵衛は、五郎蔵の賭場に出入りをしている客なのか……。

それとも、五郎蔵は幸兵衛から金を借りている客なのか……。

半兵衛は、質屋『恵比寿屋』を訪れて番頭に逢った。

「それで白縫さま、今日は……」

番頭は、半兵衛を怪訝に迎えた。

半兵衛は、殺された幸兵衛が賭場通いをしていたかどうか、番頭に尋ねた。

「いいえ。旦那さまは博奕などにお金は使いません……」

番頭は、眉をひそめて首を横に振った。

「そうか。質屋や高利貸は、金のありがたみを良く知っているから、博奕などに金は使わないか……」

「はい……」

番頭は頷いた。

もし、それが事実なら幸兵衛は、花川戸の五郎蔵の賭場の客ではない。となると、五郎蔵が幸兵衛に金を借りた客なのかもしれない。

「ならば番頭、幸兵衛の高利貸の客に博奕打ちの貸元花川戸の五郎蔵ってのは、いなかったかな」

半兵衛は尋ねた。

「さあ、手前は高利貸の方のお客さまは良く分かりませんので……」

番頭は、申し訳なさそうに首を捻った。

「そうか、分からぬか……」

「はい……」

「じゃあ、幸兵衛に金を借りた者の証文が残されている筈だが、そいつを見せて貰おうか」

「えっ。白縫さま、それなら風間さまがお持ちになりましたが……」

「風間が……」

半兵衛は眉をひそめた。そして、風間が幸兵衛に金を借りている博奕打ちがいないか調べているのを思い出した。

「はい……」

番頭は、戸惑った面持ちで頷いた。

「そうか。分かった。手間を取らせたね」

半兵衛は、質屋『恵比寿屋』を後にした。

北町奉行所同心詰所に風間鉄之助はいた。

「風間……」

半兵衛は、風間を呼んだ。

「あっ、半兵衛さん……」

風間は、半兵衛の許(もと)に来た。

「恵比寿屋幸兵衛に金を借りている者の証文、検(あらた)めたか……」

半兵衛は尋ねた。

「は、はい……」

風間は、戸惑いながら頷いた。

「して、いたのか幸兵衛に金を借りている博奕打ちは……」

「そいつが、借用(しゃくよう)証文を調べた限りでは、博奕打ちらしい者はいないんです」

「いない……」

「はい……」

「五郎蔵って名前の奴もいなかったか……」

「五郎蔵ですか……」

「うむ。博奕打ちの貸元の花川戸の五郎蔵だ」

「いませんでした……」

風間は、申し訳なさそうに告げた。

幸兵衛の残した借用証文の中に、花川戸の五郎蔵の物はなかった。

「そうか、いなかったか……」

半兵衛は、厳しさを滲ませた。

幸兵衛は五郎蔵の賭場の客ではなく、五郎蔵は幸兵衛から金を借りている客でもなかった。

何かが妙だ……。

半兵衛の勘が囁いた。


入谷鬼子母神裏の銀杏長屋には、赤ん坊の泣き声が響いていた。

半次は、木戸の陰から浪人の筧又四郎の家を見張っていた。

筧又四郎が朝方帰って来たのは、長屋のおかみさんが朝飯の仕度をしながら見ていた。

おそらく、浅草橋場の賭場の用心棒を終えて帰って来たのだ。

筧又四郎は帰って来てから寝たのか、以後は家から一歩も出ていなかった。

半次は、見張りを続けた。

刻が過ぎ、筧又四郎の家の腰高障子が開いた。

半次は身を潜めた。

筧又四郎が現れ、井戸端で顔を洗い始めた。

出掛ける……。

半次は睨んだ。


不忍池は煌めき、畔には木洩れ日が揺れていた。

筧又四郎は、下谷広小路の雑踏(ざっとう)を抜けて不忍池の畔に進んだ。

半次は追った。

不忍池の畔の茶店に行くのか……。

もし、そうだとすると、おすみとの逢引きなのかもしれない。

半次は、筧又四郎を慎重に尾行た。

昼飯時も過ぎ、湯島天神境内の茶店『鶯や』の者たちは交代で休息を取った。

おすみは、茶店『鶯や』を出て、湯島天神境内の東にある女坂(おんなざか)を下り、不忍池に向かった。

音次郎は尾行した。

おすみの足取りは弾(はず)んでいた。

不忍池の畔の茶店で、筧又四郎と逢引きでもするのか……。

音次郎は、おすみの足取りを読んだ。


筧又四郎は、不忍池の畔に佇(たたず)んで煌めく水面(みなも)を眩(まぶ)しげに眺めていた。

「又四郎さん……」

おすみが、頬を染めて又四郎に駆け寄った。

「やあ、おすみ……」

又四郎は、微笑みを浮かべておすみを迎えた。

おすみは、又四郎の傍に佇んで弾(はず)む息を整えた。

「大丈夫か……」

又四郎は、おすみの背を優しく摩(さす)った。

「は、はい……」

おすみは、恥ずかしげに俯いた。

音次郎は、雑木林（ぞうきばやし）から見守った。

「おう……」

半次が現われた。

「親分……」

「逢引きの見張りとはな……」

半次は苦笑した。


又四郎は、おすみの肩を抱くようにして畔にある茶店に向かった。

半次と音次郎は、雑木林伝（づた）いに又四郎とおすみを追った。


筧又四郎とおすみは、不忍池の畔の茶店を訪れて老婆（ろうば）に茶を頼んだ。

又四郎は、懐（ふところ）から小さな桐箱（きりばこ）を出しておすみに渡した。

おすみは、戸惑いを浮かべて桐箱を受け取り、蓋を開けて顔を輝かせた。

「気に入ると良いのだが……」

又四郎は、照れたように告げた。

おすみは、桐箱から桜模様の銀簪を取り出し、嬉しげに見詰めた。

「綺麗……」

「そうか、気に入って貰えるかな」

又四郎は安堵を浮かべた。

「ええ。ありがとうございます」

「いや。礼には及ばない」

又四郎は、桜模様の銀簪を取っておすみの髪に飾った。

「良く似合う、おすみ……」

又四郎は、優しく微笑んだ。


「へへ。見ちゃあいられねえや……」

音次郎は、嘲りを浮かべた。

「ああ。仲が良いな……」

半次は笑った。

「さあ、そいつはどうですか……」

「違うのか……」

半次は戸惑った。

「親分、まめに優しい言葉を掛けて喜ぶ物を贈るのは、すけこましのいろはのいですよ」

音次郎は、腹立たしげに告げた。

「そんなもんか……」

半次は苦笑した。

又四郎とおすみは、逢引きを楽しんでいた。

四

鍵を握っているのは、質屋『恵比寿屋』幸兵衛や花川戸の五郎蔵と繋がっている取立屋の万造なのだ。

万造は、五郎蔵が幸兵衛から金を借りているか知っている筈だ。

半兵衛は睨み、本郷北ノ天神真光寺門前町の裏長屋に向かった。

裏長屋の井戸端に人影はなかった。

半兵衛は、木戸の傍の万造の家を訪れ、腰高障子を叩いた。

万造の家から返事はなかった。

半兵衛は、万造の家の腰高障子を僅かに開けた。

腰高障子は、心張棒(しんばりぼう)が掛かっていなく、直ぐに開いた。

半兵衛は、家の中を覗いた。

薄暗い家の中は狭く、薄汚れた蒲団(ふとん)が敷かれたままだった。

半兵衛は家の中に入り、火鉢(ひばち)を検めた。

火鉢の灰は固く、埋み火(うずみび)は既に消えて冷たかった。

少なくとも丸一日は帰って来ていない……。

半兵衛は読み、火鉢の灰の中から燃え残りの紙片(しへん)を見付けた。

書付(かきつけ)を燃やした残りだ。

半兵衛は、紙片の灰を落として読んだ。

紙片には、〝金十五、万……〟の文字が読めた。

万造の借用証文の燃え残りなのかもしれない……。

取立屋の万造は、幸兵衛殺しの手引きをして賭場の借金を帳消しにして貰ったのかもしれない。

燃え残りの紙片は、返して貰った借用証文を火鉢に焼(く)べた残骸なのだ。

半兵衛は読んだ。

いずれにしろ取立屋の万造の行方だ……。

半兵衛は、本郷北ノ天神真光寺門前町の裏長屋を後にした。


小半刻（三十分）が過ぎた。

おすみは、筧又四郎との束の間の逢引きを楽しみ、名残惜しそうに湯島天神境内の茶店『鶯や』に戻って行った。

「じゃあ、親分……」

「うん……」

音次郎は、おすみを追って行った。

半次は、茶店の前に佇んでおすみを見送る筧又四郎を見守った。

又四郎は、おすみが見えなくなる迄、手を振って見送った。

おすみは木陰に消えた。

又四郎は、振っていた手を下ろして鼻先に嘲りを浮かべた。

嘲りを浮かべた又四郎の顔は、別人のように冷たくて醜かった。

半次は、筧又四郎の正体を見た。

隅田川には様々な船が行き交っていた。
浅草花川戸町の通りに、博奕打ちの貸元五郎蔵の家はあった。
取立屋の万造は来ているのか……。
半兵衛は、五郎蔵の家を窺った。
五郎蔵の家の土間では、三下たちが賽子(さいころ)遊びをしていた。
暫く様子をみるか……。
半兵衛は、見張り場所を探して辺りを見廻した。
若い浪人が、浅草広小路からやって来た。
筧又四郎……。
半兵衛は、素早く物陰に潜んだ。
若い浪人は、筧又四郎だった。
半兵衛は見守った。
筧又四郎は、落ち着いた足取りでやって来た。背後に半次が現れた。
半次は、充分に距離を取って慎重に尾行て来ていた。
又四郎は、五郎蔵の家の土間に入った。

三下たちは又四郎を迎えた。

又四郎は、三下たちに声を掛けて框に上がり、奥に消えた。

半次は、物陰で見送った。

さあて、どうする……。

半次は、辺りを見廻した。

半兵衛が佇んでいた。

旦那……。

半次は、半兵衛に駆け寄った。


窓の外には、五郎蔵の家の表が見えた。

半兵衛と半次は、一膳飯屋の窓辺に座って酒を飲みながら五郎蔵の家を見張った。

「そうか。おすみと筧又四郎、逢引きをしたのか……」

「はい、昼飯時の休息に……」

「そうか……」

半兵衛は苦笑した。

「はい。で、旦那は……」

「うん。取立屋の万造だが……」

半兵衛は、取立屋の万造が幸兵衛殺しの鍵を握っている事を教えた。

「取立屋の万造ですか……」

「ああ、何処で何をしているのか……」

半兵衛は眉をひそめた。

「旦那、まさか……」

半次は、緊張を滲ませた。

「口封じで殺されているかもしれないか……」

半兵衛は、半次の緊張を読んだ。

「ええ……」

半次は、喉を鳴らして頷いた。

「私もそいつを確かめようと思って来たのだが……」

半兵衛は苦笑した。

半次は、五郎蔵の家から三下が出て来たのに気が付いた。

「旦那……」

半次は、窓の外に見える三下を示した。

「あの三下がどうかしたか……」

「橋場町の賭場の留守番です」

「留守番か……」

「ええ……」

「何か知っているかもしれないか……」

「はい……」

「よし……」

潮時だ……。

半兵衛は猪口(ちょく)を置き、刀を手にして立ち上がった。

花川戸町は、浅草広小路と隅田川に架かっている吾妻橋(あずまばし)の間にあり、北に山之宿町(やまのしゅくちょう)、金竜山下瓦町(きんりゅうざんしたかわらまち)、今戸町(いまどちょう)、橋場町と続いている。

三下は橋場町にある明運寺の賭場に行くのか、通りを北に進んで山谷堀(さんやぼり)に架かっている今戸橋に差し掛かった。

「おい……」

半兵衛は、三下を呼び止めた。

「えっ……」

三下は振り返った。

半次が、素早く三下の背後に廻った。

「あ、あっしですかい……」

三下は、巻羽織姿の半兵衛と背後に廻った半次を見て怯んだ。

「ああ。名前は何て云うのかな……」

「か、兼吉です……」

三下は、怯えた面持ちで名乗った。

「そうか、兼吉、ちょいと顔を貸して貰うよ」

半兵衛は笑い掛けた。

「えっ……」

兼吉は、逃げ腰になった。

「良い子にしな……」

半次は兼吉に囁き、今戸橋の下の船着場に連れ込んだ。

「兼吉、取立屋の万造、知っているね」

半兵衛は訊いた。

「へ、へい……」

「今、何処にいるのか知っているか……」

「いえ。知りません……」

「兼吉、惚けると只じゃあ済まないぜ」

半次は、十手を突き付けた。

「そ、そんな……」

兼吉は狼狽えた。

「兼吉、お前を大番屋に叩き込んで明運寺の賭場に踏み込み、お前の垂込みだと貸元の五郎蔵に教えても良いんだよ」

半兵衛は、笑顔で脅した。

兼吉は、恐怖に震えた。

そんな真似をされたら、良くて半殺しの目に遭い、裏渡世で生きてはいけなくなる。

「そ、そんな……」

兼吉は、恐怖に喉を引き攣らせた。

「ま、知っている事を素直に話してくれれば、決して悪いようにはしないと約束するが……」

半兵衛は、厳しい面持ちで告げた。

「旦那、分かりました」

兼吉は覚悟を決めた。

「そうか。じゃあ、話してみな」

半兵衛は促した。

「はい。万造さんは行方を晦（くら）ましていて、捜していたんですが、昨日、貸元の処に繋（つな）ぎが来たと……」

「万造からの繋ぎ……」

「はい。明日の暮六つ、貸元に逢いたいと云って来たそうです」

兼吉は告げた。

「明日の暮六つ……」

「何処で逢うんだい……」

半次は身を乗り出した。

「そこ迄は……」

　兼吉は、困惑した面持ちで首を捻った。

「分からないか……」

「はい……」

「ならば何故、逢いたいと云って来たのかは、どうだい」

　半兵衛は訊いた。

「兄貴たちの話じゃあ、万造さんは貸元に借用証文を買い取れと云って来たとか……」

「五郎蔵の借用証文……」

　半兵衛は眉をひそめた。

「はい。旦那、あっしが万造さんの事で知っているのは、それぐらいです」

　兼吉は、半兵衛に縋(すが)る眼差しを向けた。

「兼吉、今云った事に嘘偽りはねえな」

　半次は念を押した。

「はい……」

「よし。兼吉、御苦労だったね。さ、行きな」

半兵衛は労った。

「はい。じゃあ、御免なすって……」

兼吉は立ち去ろうとした。

「そうだ、兼吉……」

「はい」

「此のまま五郎蔵たちと一緒にいると、お前もお縄になる。此からどうするか、一刻も早く決めるんだね」

半兵衛は告げた。

「旦那……」

「行きな……」

半兵衛は、笑顔で告げた。

兼吉は、頭を下げて立ち去った。

「明日の暮六つ。逢う場所が何処かですね」

半次は眉をひそめた。

「半次、そこには五郎蔵か筧又四郎が連れて行ってくれるだろう」

半兵衛は、笑顔で云い放った。

夕暮れの山谷堀には、吉原に遊びに行く客の乗った舟が行き交い始めた。

燭台（しょくだい）の火は揺れた。

取立屋の万造は、博奕打ちの貸元五郎蔵の借用証文を手に入れ、買い取らせようとしている。

借用証文の出処（でどころ）は殺された幸兵衛だ。となると、五郎蔵は幸兵衛に借金をしていた事になる。そして、おそらく万造は、五郎蔵に借金の半額で借用証文を買い取れと云って来たのだ。たとえ半額でも、借りた金額によっては大金だ。

「万造の野郎、馬鹿な事を考えましたね」

半次は呆れた。

「ま、賭場の借金の形（かた）に幸兵衛殺しの片棒を担がされたのを利用して、一稼ぎしようって魂胆（こんたん）だろうな」

半兵衛は読んだ。

万造にしてみれば、幸兵衛殺しの片棒を担いだのは、五郎蔵と筧又四郎の弱味を握った事になる。

「転んでも只では起きねえ小悪党ですか……」

「まあな。何(いず)れにしても、万造を斬るのは筧又四郎だ。眼を離すんじゃないぞ」

「はい……」

半次は頷いた。

「取り引きが明日となると、万造も北ノ天神門前町の長屋に戻るかもしれない。私はそっちを見張る。それから此の事を音次郎にも報せてくれ」

「心得ました」

半次は頷いた。

半兵衛は、それぞれの遣(や)る事を決めた。

その中には、定町廻り同心の風間鉄之助の役割もあった。

燭台の火は油が切れたのか、音を鳴らして瞬(また)いた。


翌日、半兵衛は北町奉行所に行き、風間鉄之助に何事かを命じた。そして、北町奉行所から姿を消した。

半次は、入谷鬼子母神裏銀杏長屋の筧又四郎の家を見張った。

筧又四郎は、いつものように前夜遅く帰り、朝寝(あさね)をしていた。

半次は見張った。

音次郎は、湯島天神境内の茶店『鶯や』で働くおすみを見張り続けた。

もし、筧又四郎が取立屋の万造を斬るとなると、幸兵衛の時と同じようにおすみを利用するかもしれない。

音次郎は、忙しく働くおすみを見守った。

刻は過ぎ、申の刻七つ（午後四時）になった。

本郷北ノ天神真光寺門前町の裏長屋は、おかみさんたちが夕食の仕度を始める前の静けさに覆われていた。

頬被りに菅笠を被った人足が現われ、長屋に不審な者がいないのを見定め、足早に万造の家に入った。

人足は薄暗い狭い家に入り、素早く腰高障子を閉めた。そして、表の様子を窺った。

変わった事はない……。

人足は安堵の吐息を小さく洩らし、腰高障子に心張棒を掛けた。そして、菅笠と頬被りを取った。

「お前が取立屋の万造か……」

万造と呼ばれた人足は、弾かれたように振り返った。

薄暗い家の中に半兵衛がいた。

万造は、咄嗟に逃げ出そうとした。

半兵衛は、万造の襟首を鷲摑みにして引き戻した。

万造は、仰向けに倒れた。

半兵衛は、素早く万造を押さえ付けた。

「な、何しやがる……」

万造は抗った。

「じたばたするな」

半兵衛は、万造に鋭い平手打ちを加えた。

万造は、激しく息を鳴らして半兵衛を睨み付けた。

「万造、お前、五郎蔵に賭場の借金を棒引きにすると云われ、筧又四郎が幸兵衛を殺す手引きをしたね」

半兵衛は決め付けた。

「旦那……」

万造は狼狽えた。

「して、今日の暮六つ、何処で五郎蔵と逢うのだ」

「えっ……」

万造は戸惑った。

「五郎蔵は幸兵衛に金を借り、その厳しい取り立てに腹を立てて幸兵衛を殺させた。その借用証文、幾らで買い取らせるつもりなんだい」

半兵衛は訊いた。

「旦那……」

万造は、何もかも知られているのに気付き、吐息を洩らして観念した。

「して万造、何処で逢うのだ」

半兵衛は笑い掛けた。


入谷鬼子母神は西日に照らされた。

半次は、銀杏長屋の筧又四郎の家を見張り続けた。

筧の家の腰高障子に人影が過ぎった。
動く……。
半次は見据えた。
筧又四郎が家から現れ、入谷鬼子母神裏の銀杏長屋の家を出た。

夕暮れが近づき、湯島天神境内から参拝客が帰り始めた。
音次郎は、茶店『鶯や』を見張っていた。
おすみは、茶店の奥に入ったままだった。
どうした……。
音次郎が微かな戸惑いを覚えた時、茶店の裏手からおすみが出て来た。
おすみは、足早に女坂に向かった。
早仕舞いか……。
音次郎は、慌てて尾行た。
不忍池は夕暮れ時を迎えた。
おすみは、不忍池の畔の小さな茶店に入った。

筧又四郎と逢引きするのか……。

音次郎は見送り、雑木林に入った。

雑木林には半次がいた。

「親分……」

音次郎は駆け寄った。

「おすみ、来たな」

「はい。筧の野郎、来ているんですね」

音次郎は読んだ。

「ああ。幸兵衛の時と同じに奥の部屋にいる」

半次は小さく笑った。

東叡山寛永寺の暮六つを告げる鐘の音が、夕暮れの不忍池の水面に響き渡った。

「親分……」

音次郎は緊張した。

筧又四郎が、茶店の裏手から出て来た。

半次と音次郎は、懐の十手を握り締めた。

筧又四郎は、夕暮れの畔を一方に進んだ。

半次と音次郎は追った。

筧又四郎は、茶店の先にある雑木林の小道の木陰に忍んだ。

雑木林の小道の奥には、料理屋がある。

「取立屋の万造、料理屋に来るんですね」

音次郎は読んだ。

「きっとな……」

半次は頷いた。

「五郎蔵、料理屋に来ているんですかね」

「来ちゃあいねえだろう」

半次は苦笑した。

「ですよね。それにしても、気の毒なのはおすみですよ。人殺しに利用されて
……」

音次郎は、おすみを哀れんだ。

「音次郎……」

半次は、緊張を浮かべた。

半纏を着た男がやって来た。

「取立屋の万造ですかね」

「ああ、きっとな……」

半次は、半纏を着た男を取立屋の万造だと睨んだ。

半纏を着た男は、雑木林の奥の料理屋に続く小道に入ろうとした。

刹那(せつな)、筧又四郎が木陰から半纏を着た男に斬り掛かった。

半纏を着た男は、咄嗟に身を投げ出して躱(かわ)した。

半次と音次郎が十手を構えて飛び出し、倒れている半纏を着た男を庇(かば)った。

筧又四郎は怯んだ。

「此迄だ。筧又四郎……」

半兵衛が現われた。

「お、おのれ……」

筧又四郎は、企(くわだ)てが破れて窮地に追い込まれたのに気付き、半兵衛に鋭く斬り掛かった。

半兵衛は、腰を僅かに沈めて刀を一閃(いっせん)した。

血煙(ちけむり)が舞った。

筧又四郎は刀を落とし、斬られて血の滴(したた)る利き腕を押さえて蹲った。

田宮流抜刀術の鮮やかな一刀だった。

「筧、万造の手引きで質屋恵比寿屋の幸兵衛を斬り、今度は脅しを掛けてきた万造を口封じを兼ねて斬り棄(す)てる企(たくら)み、此迄だ」

「黙れ……」

筧又四郎は、脇差(わきざし)を抜いて半兵衛に突き掛かった。

刹那、半兵衛は刀を真っ向から斬り下げた。

筧又四郎は、額を斬り下げられて眼を瞠(みは)り、仰向けに倒れた。

半兵衛は、残心(ざんしん)の構えを取った。

半次が、筧又四郎の死を見定めた。

「旦那……」

「うむ……」

半兵衛は、刀に拭いを掛けて鞘(さや)に納めた。

「音次郎、万造をお縄にしな」

「はい……」

音次郎は、万造に素早く縄を打った。

「旦那、直ぐに花川戸に行って五郎蔵を……」

半次は急いた。

「心配するな、半次。花川戸の五郎蔵は、今頃、風間がお縄にしているよ」

半兵衛は、暮六つに橋場町の賭場に踏み込み、貸元の五郎蔵たちをお縄にするように風間鉄之助に命じていた。

風間鉄之助は捕り方を率いて踏み込み、五郎蔵たちを捕縛している筈だった。

「そうですか……」

半次は安堵した。

「半次、後を頼んだ……」

半兵衛は、後の始末を半次に命じ、おすみの待つ茶店に向かった。

狭い部屋には行燈が灯され、おすみが不安げに筧又四郎の帰りを待っていた。

行燈の灯を受け、おすみの髪に飾られた桜模様の銀簪が淡く輝いていた。

裏の戸を開け閉てする音がした。

又四郎さま……。

おすみは顔を輝かせた。

板戸が開き、半兵衛が入って来た。

「し、白縫さま……」

おすみは驚いた。

「おすみ、筧又四郎は取立屋の万造と云う男を殺し損ねて死んだよ」

半兵衛は告げた。

「死んだって、又四郎さまが……」

おすみは戸惑い、混乱した。

「筧は万造を斬ってお前の許に戻り、自分は此処でおすみと一緒にいたと云い張り、罪を逃れるつもりだった。質屋恵比寿屋の幸兵衛を斬った時と同じようにね……」

おすみは震えだした。

「おすみ、気の毒だが、筧又四郎はそんな男だ。庄八の祖父(じい)ちゃんが心配してる通り、お前の疫病神だ」

おすみは泣き崩れた。

今暫く泣かせておこう……。

半兵衛は、小さな肩を震わせて泣くおすみを痛ましく見守った。

桜模様の銀簪が、おすみの髪から煌めきながら抜け落ちた。

質屋『恵比寿屋』幸兵衛殺しは終わった。

定町廻り同心の風間鉄之助は、花川戸の五郎蔵と取立屋の万造、そして死んだ筧又四郎が幸兵衛を殺したと断定した。

万造は何もかも認め、手引きをした咎で遠島になった。

花川戸の五郎蔵は、幸兵衛殺しの首謀者として死罪に処せられた。

おすみは、手を下した筧又四郎を嘘偽りを云って庇った。だが、その罪は問われなかった。

半兵衛は、風間におすみの名を一切出すなと命じたのだ。

数日間、おすみは茶店奉公を休んだ。だが、今は再び働いていた。

「良かったですね。おすみ……」

音次郎は、忙しく働くおすみを見て喜んだ。

「ああ。おすみは筧又四郎に騙されて利用されただけだからね」

半兵衛は笑った。

世の中には、私たちが知らない顔をした方が良い事もある。

恋心を利用されたおすみを咎人にしては、余りにも哀れすぎる。

半兵衛は、知らぬ顔を決め込んだ。

「それにしても親分。旦那ほどの腕前のお人が、どうして筧又四郎の息の根を止めちまったんですかね」

音次郎は、眉をひそめて囁いた。

「音次郎、筧又四郎を生かしておけば、お白州で必ずおすみの事を云い立てて世間に知れ渡る。半兵衛の旦那、そいつを嫌ったんだよ」

半次は苦笑した。

「そうか、流石は知らん顔の旦那ですね」

音次郎は、半兵衛の後ろ姿を感心して眺めた。

「さあて音次郎、今夜は鳥鍋にするか……」

半兵衛は振り向き、笑顔で告げた。

第三話　嘘吐き

一

朝の神田川には荷船が行き交っていた。

縞の半纏を着た遊び人が殺された。

名前は宇之吉。

定職を持たず、大店の旦那や若旦那の遊びのお供をして小遣を稼ぐ遊び人だ。

遊び人の宇之吉は、神田川に架かっている新シ橋の南詰で、血の付いた匕首を握り締めて斬り殺されていた。

争いの果てに斬り殺された……。

半兵衛は睨み、宇之吉の死体を検めた。

宇之吉の死体には、刀傷が幾つも残されていた。その中の腹を横薙ぎに斬られた傷が致命傷だった。

　斬り殺した者の剣の腕は、大したものではない……。

　血は生乾きになり、死体は固まっていた。

　殺されたのは昨夜遅く……。

　半兵衛は読み、新シ橋の南詰に残されている争った痕跡を調べた。

「旦那、殺した者が残したと思われる物は何もありませんね」

　半次が、新シ橋の南詰から続く柳原通りを調べた結果を告げた。

「そうか……」

「で、こっちは……」

「宇之吉を斬った者が侍なら、大した腕じゃない……」

「じゃあ、博奕打ちか渡世人ってのもありますか……」

　半次は眉をひそめた。

「うん。それから宇之吉の匕首に血が付いている処をみると、手傷を負っている」

　半兵衛は、宇之吉を殺した者を読んだ。

「手傷ですか……」

「匕首に付いている血をみると、おそらく医者に駆け込んだ筈だが、医者も多いからねえ」

江戸に医者は多く、一軒ずつ訊き歩くのは大変だ。

「はい……」

半次は頷(うなず)いた。

「旦那、親分……」

見た者を捜していた音次郎(おとじろう)が、柳原通りから駆け寄って来た。

「どうした、音次郎……」

半次は迎えた。

「はい。昨夜、此処(ここ)で争っている二人を見た人がいました」

音次郎は告げた。

「ほう。いたか……」

半兵衛は、微(かす)かな戸惑いを過(よ)ぎらせた。

争いを見た者は、新シ橋の南詰から柳原通りを渡った豊島町(としまちょう)一丁目の自身番にいた。

音次郎は、半兵衛と半次を豊島町一丁目の自身番に誘(いざな)った。

自身番の店番は、音次郎から預かった争いを見た者を奥の狭い板の間に待たせていた。

半兵衛は、半次と音次郎を前の部屋に待たせて奥の板の間に入った。

奥の板の間には、十七歳程の町方の娘が緊張した面持ちで座っていた。

「やあ。私は北町奉行所の白縫半兵衛。お前さんは……」

半兵衛は笑い掛けた。

「ゆみです」

町方の娘は、俯き加減にゆみと名乗った。

「そうか、おゆみか。で、昨夜、新シ橋の南詰で争っている二人を見たのかい」

半兵衛は、微かな戸惑いを覚えながら尋ねた。

「はい。私は馬喰町二丁目にある料理屋松月の通い奉公の女中をしていまして、神田富松町の長屋に帰る途中、道の先に見える新シ橋の袂で……」

「争っている者たちを見たのかい」

「はい。背の高い着流しの若い浪人さんと半纏を着た男の人が……」

おゆみは、眼に微かに煌めきを過ぎらせた。

「ほう。背の高い着流しの若い浪人ねえ……」

半兵衛は、おゆみが宇之吉を斬った者を背の高い着流しの若い浪人だと云ったのに、何故か戸惑いを覚えた。

「はい。半纏を着た男の人を斬って、柳原通りを昌平橋の方に行きました」

おゆみは、僅かに声を弾ませ、意気込みを感じさせた。

「柳原通りを昌平橋の方にね……」

「はい……」

おゆみは頷いた。

「して、その背の高い着流しの若い浪人、印籠は持っていたかな」

半兵衛は尋ねた。

「印籠……」

おゆみは戸惑った。

「うん。腰に下げていたかな」

「は、はい。下げていました。印籠を腰に下げていました」

「どんな印籠だったかな。黒漆か赤漆か、それとも金蒔絵か……」

「黒い印籠です。若い浪人は黒い漆塗の印籠を腰に下げていました」

おゆみは声を弾ませた。

「そうか。いや、良く分かったよ。御苦労だったね、おゆみ……」

半兵衛は労(ねぎら)った。

「いいえ……」

「じゃあ、何かあれば訊きに行く。今日の処は引き取って良いよ」

「はい。白縫さま、若い浪人、早く見つかると良いですね。じゃあ……」

おゆみは頭を下げ、笑顔で自身番から出て行った。

「音次郎……」

半次は、音次郎に後を尾行(つけ)ろと目顔(めがお)で命じた。

音次郎は頷き、素早く出て行った。

「どう思う……」

半兵衛は苦笑した。

「はい。背の高い着流しってのは良いですが、若いかどうかは、夜なのに分かりますかね」

半次は首を捻(ひね)った。

「うん、私もそいつが気になってね。それで印籠の色を訊いたんだが、夜なのに黒だと分かったのが、どうにも気になる」

「はい……」

「それに一番気になったのは、おゆみが何だか楽しんでいるように見えてね」

半兵衛は眉をひそめた。

「そこ迄は気が付きませんでしたが、あっしも何だかしっくりしないので、音次郎に追わせたんですが……」

半次は頷いた。

「そうか……」

「で、何から始めますか……」

半次は、半兵衛に探索の指示を仰いだ。

「そうだね。半次は柳原通りを昌平橋迄、背の高い着流しの若い浪人を見掛けた者がいないか調べてくれ。私は馬喰町の料理屋松月に行ってみるよ」

「旦那……」

半次は戸惑った。

料理屋『松月』はおゆみの奉公先であり、宇之吉殺しとは拘わりはない。

「うむ。どうにもおゆみが気になってね」

半兵衛は苦笑した。

神田富松町の裏通りに長屋はあった。

おゆみは、椿の木のある木戸を潜って奥の家に入った。

音次郎は見届けた。

豊島町一丁目の自身番から長屋に来る迄の間、おゆみの足取りは心なしか弾んでいた。

殺しを見たのが、楽しいのか……。

音次郎は、戸惑いを覚えた。

何れにしろ、おゆみがどんな娘かだ。

音次郎は、それとなく聞き込みを始める事にした。


柳原通りには多くの者が行き交っていた。

だが、夜更けの柳原通りは人通りも途絶え、辻斬りなどが出る物騒な処になる。

半次は、柳原通りにある常陸国谷田部藩江戸上屋敷の中間や柳森稲荷の下男などに尋ねた。だが、夜更けに背の高い着流しの若い浪人は勿論、手傷を負った男を見掛けた者はいなかった。

おゆみの話は本当なのか……。

半次は、疑いを募らせながらも聞き込みを続けた。

筋違御門、昌平橋……。

半次は、昌平橋のある神田八ツ小路に出た。

神田八ツ小路には、昌平橋を渡って神田明神、湯島天神、不忍池、下谷広小路、東叡山寛永寺などに行く人が行き交っていた。

半次は、八ツ小路の隅にある茶店の縁台に腰掛けて茶を頼んだ。


「おまちどおさまでした」

老亭主が、半次に茶を持って来た。

半次は、茶を飲みながら老亭主に聞き込みを始めた。

「父っつあん、此の店は日暮れには閉めるのかい……」

「はい」

「だろうな……」

「そいつが何か……」

「うん。昨夜、新シ橋で宇之吉って遊び人が殺されてね。見たって奴の話じゃあ、昌平橋の方に逃げたってんで、調べているんだがね」

「こりゃあ親分さんでしたか……」

老亭主は、半次が岡っ引だと気が付いた。

「まあね。でも、日暮れに店を閉めていりゃあ、夜中に妙な奴を見ている筈もないか……」

「ええ……」

老亭主は、申し訳なさそうに頷いた。

「そうか。邪魔をしたね」

半次は、茶を飲み干して茶代を置いた。

「そうだ、親分さん……」

「なんだい……」

「うちが店を閉めた後、此処で夜鳴蕎麦(よなきそば)の屋台を出している寅松(とらまつ)さんって人がいるんだけど、その寅松さんに訊いてみたらどうですか」

老亭主は告げた。

「夜鳴蕎麦屋の寅松さんかい……」

半次は、漸く手掛りになるかもしれない事に辿り着いた。

「ええ……」

「父っつあん、その夜鳴蕎麦屋の寅松さんの家、何処か分かるかな……」

馬喰町二丁目の料理屋『松月』は、住込みの奉公人たちが開店の仕度に忙しかった。

半兵衛は、料理屋『松月』がどんな店なのか、自身番の者に尋ねた。

料理屋『松月』は、旦那の清兵衛と女将のおときによって営まれ、板前や仲居などの奉公人が大勢いた。

自身番の店番の話では、料理屋『松月』は料理や酒も美味くて常連客も多く、それなりに繁盛していた。

「それなりに繁盛しているのなら、店の雰囲気も悪くないか……」

「それはもう。旦那は板前、女将さんは仲居あがりでしてね。奉公人たちにも良くしてそれは和やかなものですよ」

「そうか。じゃあ、おゆみって通いの女中を知っているかな……」

半兵衛は尋ねた。

「おゆみ……」

店番は眉をひそめた。

「うむ。知っているね……」

半兵衛は、店番の様子を読んだ。

「はい。白縫さま、おゆみはいろいろと噂のある娘でして……」

店番は言葉を濁した。

「いろいろ噂のある娘って、どんな噂かな」

半兵衛は眉をひそめた。

「ま、聞いた話ですが、思い込みが強く、何でも自分の都合の良いようにばかり、考えるとか……」

「ほう。そんな娘なのか……」

「ええ。詳しい事は良く分かりませんが、奉公人仲間の者も戸惑ったり、困ったりする事が多いそうですよ」

「そいつは大変だな……」

半兵衛は、おゆみの人柄の一端(いったん)を知った。

おゆみは、長患いの床に就いていた父親を半年前に亡くし、椿長屋に一人で暮らしていた。

「お父っつあんの長患い、どんな病だったんですかね」

音次郎は、おゆみの住んでいる椿長屋の大家に訊いた。

「何でも胃の腑の病だったそうでね。二年程前に錺職の仕事も辞めて寝込んでいたんだよ」

大家は、眉をひそめて同情した。

「じゃあ、おゆみに身寄りはもういないんですかねえ」

「ああ。いるとは聞いていないよ」

「そうですかい……」

「で、おゆみがどうかしたのかい……」

「大家さんもお聞きかと思いますが、新シ橋で遊び人が殺されましてね。おゆみが殺った奴を見たってんですよ」

「おゆみがねえ……」

大家は眉をひそめた。

「どうかしましたかい……」

音次郎は、大家が眉をひそめたのに戸惑いを覚えた。

「いや。おゆみが何を見たか知らないが、見間違いって事もあるからねえ」

大家は、言葉を濁して苦笑した。


外濠から続く神田堀に架かる乞食橋の傍に稲荷堂があり、夜鳴蕎麦屋の寅松の家はあった。

半次は、寅松の家を訪れた。

「えっ。昨夜ですか……」

寅松は戸惑った。

「うん。夜更けに背の高い着流しの若い浪人が、両国の方から八ツ小路に来た筈なんだが、見掛けなかったかな」

「さあ、背の高い着流しの若い浪人ねえ……」

寅松は、眉をひそめて首を捻った。

「ああ。ひょっとしたら手傷を負っていたかもしれないんだが……」

半次は告げた。

「手傷をねえ……」

「うん……」

「そう云えば、怪我をしていた野郎は、屋台に寄りましたぜ」

「怪我をした野郎……」

「ええ。着物の左の二の腕に血を滲ませていましてね。怪我をしているのかって聞いたら、遊び人と喧嘩してやられたって笑い、酒を一杯引っ掛けて帰って行きましたよ」

「そいつ、背の高い着流しの若い浪人じゃあなかったのかい」

「ええ。小柄な中年男で、遊び人か博奕打ちって風体の野郎でしたぜ」

「小柄な中年男で、遊び人か博奕打ち……」

半次は眉をひそめた。

おゆみの見た背の高い着流しの若い浪人とは、まったく違う人相風体だ。だが、左の二の腕に手傷を負っている。

半次は、殺された宇之吉が握り締めていた血の付いた匕首を思い浮かべた。

「で、その野郎、酒を一杯引っ掛けてどっちに行ったんだい」

「確か連雀町の方に……」

「連雀町か……」

「ええ。そう云えば、帰る時に長脇差を持っていたな……」

「長脇差……」

「ありゃあ、きっと俺に隠して茶店の軒下に立て掛けてあったんだな」

寅松は睨んだ。

遊び人か博奕打ち風体の小柄な中年男は、左の二の腕に手傷を負い、長脇差を隠し持っていた。

おゆみの証言した背の高い着流しの若い浪人ではないが、寅松の云った小柄な中年男の方が宇之吉を殺した者と思える。

もし、寅松の云った小柄な中年男が宇之吉を殺したなら、おゆみの証言は何なんだ。

半次は困惑した。

何れにしろ、半兵衛に報せなければならない……。

半次は、夜鳴蕎麦屋の寅松に礼を云い、半兵衛が行っている筈の馬喰町二丁目の料理屋『松月』に急いだ。

おゆみは椿長屋を出た。

音次郎は追った。

おゆみは、富松町の通りを馬喰町に向かった。

奉公先の料理屋『松月』に行くのか……。

音次郎は読んだ。

おゆみは、初音(はつね)の馬場(ばば)の脇を抜けて馬喰町二丁目の通りに出た。

音次郎は尾行た。

行く手に料理屋『松月』が見えた。

おゆみは、足取りを早めて料理屋『松月』の裏手への路地に入って行った。

音次郎は見届けた。

斜向(はすむ)かいの甘味処(かんみどころ)から出て来た小女(こおんな)が、音次郎に駆け寄った。

「音次郎さん……」

「えっ。なんだいお前さん……」

音次郎は戸惑った。

「お連れさまがお待ちです」

小女は笑い掛けた。

「お連れさま……」

「ええ。こちらです」

小女は、甘味処に駆け戻った。

音次郎は、怪訝な面持ちで続いた。


「おう、来たか……」

甘味処の窓辺に半兵衛がいた。

「旦那……」

「ま、汁粉でも食べな」

「は、はい。じゃあ……」

音次郎は、小女に汁粉を注文した。

「おゆみ、出て来たね」

「はい……」

「して、おゆみの住まい、分かったのか……」

「はい。富松町の椿長屋に住んでいましてね。大家さんに聞いたんですが、半年前に長患いのお父っつあんを亡くして一人暮らしで……」

「評判は余り良くないか……」

半兵衛は、小さな笑みを浮かべた。

「はい。じゃあ、旦那の方も……」

「うん。おゆみ、ちょいと変わっているようだ。ひょっとしたら背の高い着流しの若い侍ってのは、がせかもしれないね」

半兵衛は睨んだ。

「がせですか……」

音次郎は眉をひそめた。

「ああ……」

半兵衛は、料理屋『松月』にやって来た半次に気付いた。

「おたまちゃん、すまんが、また松月の前にいる男の人を呼んで来てくれないかな」

「名前、何て云うんですか……」

「半次だよ」

「分かりました。じゃあ……」

おたまと云う小女は、甘味処を駆け出して行った。

「さあて、半次が何か摑んで来たようだ」

半兵衛は読んだ。

二

半次は、小女のおたまに誘われて甘味処に入って来た。

「やあ……」

半兵衛は迎えた。

「こいつは旦那、音次郎……」

半次は笑みを浮かべ、おたまに安倍川餅(あべかわもち)を頼んだ。

「して、何か分かったかい……」

「はい。夜、神田八ツ小路に夜鳴蕎麦屋が出ているのが分かりましてね。で、寅松さんって夜鳴蕎麦屋に聞いたんですが。昨夜、背の高い着流しの若い浪人は見なかったけど、左の二の腕に怪我をした遊び人か博奕打ちって小柄な中年男が屋台に寄ったそうでしてね」

「左の二の腕に怪我をした小柄な中年男……」

半兵衛は眉をひそめた。

「ええ。そして、そいつが長脇差を隠し持っていたとか……」

半次は告げた。

「親分、小柄な中年男って。おゆみが云った背の高い着流しの若い浪人とは、随分と違いますね」

音次郎は、戸惑いを浮かべた。

「ああ……」

半次は頷いた。

「して半次、その遊び人か博奕打ち風の小柄な中年男、八ツ小路からどっちに行ったのかな」

「寅松さんの屋台で酒を一杯引っ掛けて、連雀町の方に行ったそうです」

「連雀町か……」

「はい。連雀町に入り、西は三河町(みかわちょう)、南は鎌倉町(かまくらちょう)迄の間を詳しく調べれば、左の二の腕に怪我をした小柄な中年男、見つかるかも……」

「そうだな。よし、じゃあ、半次と音次郎はそいつを捜してくれ」

半兵衛は命じた。

「はい……」

半次と音次郎は頷いた。

「私は、おゆみの云っている背の高い着流しの若い浪人ってのを捜してみるよ」

半兵衛は告げた。

「旦那、おゆみは嘘を吐いているんです。信じられますか……」

半次は眉をひそめた。

「半次、私もそう思うが、おゆみが何故、背の高い着流しの若い浪人だと云ったのか気になってね」

半兵衛は苦笑した。


半次と音次郎は、汁粉と安倍川餅を食べて神田連雀町に向かった。

半兵衛は、窓の外に見える料理屋『松月』を眺めた。

料理屋『松月』は戸口に盛(も)り塩(じお)をし、暖簾(のれん)を掲げて商いを始めた。

おゆみたちの忙しい時は、此から亥(い)の刻(こく)四つ（午後十時）迄続くのだ。

さあて、どうする……。

半兵衛は、料理屋『松月』を眺めた。

料理屋『松月』は暖簾を微風(そよかぜ)に揺らし、客が訪れ始めていた。

繁盛している……。

半兵衛は見定めた。

多くの人々が、料理屋『松月』の前を行き交った。その中に背の高い着流しの侍がいた。

背の高い着流しの侍は、料理屋『松月』の前に立ち止まって眺めた。

背の高い着流しの侍……。

半兵衛は眉をひそめた。

料理屋『松月』を眺める背の高い着流しの侍は、月代を剃らずに総髪の若い男だった。

若い浪人……。

半兵衛は戸惑った。

おゆみの云っている背の高い着流しの若い浪人なのか……。

半兵衛は、若い浪人の腰を見た。

黒塗りの印籠……。

若い浪人の腰には朱鞘の刀が差され、黒塗りの印籠が下げられていた。

半兵衛は、甘味処を出た。

料理屋『松月』の前に、背の高い着流しの若い浪人はいなかった。

半兵衛は、微かな焦りを覚えながら辺りを見廻した。

両国広小路に向かう人たちの中に、背の高い着流しの若い浪人の後ろ姿が見えた。

おゆみは、嘘を吐いていなかったのか……。

半兵衛は追った。


両国広小路は賑わっていた。

半兵衛は、雑踏に背の高い着流しの若い浪人を捜した。だが、雑踏の中に背の高い着流しの若い浪人の姿は見えなかった。

大川に架かっている両国橋を渡って本所に向かったのか……。

半兵衛は、両国橋に向かって雑踏を進んだ。

両国橋には大勢の人が行き交っていた。

その袂には、物売りや托鉢坊主などがいた。

半兵衛は、両国橋を行く人々に背の高い着流しの若い浪人を捜した。

背の高い着流しの若い浪人は、既に両国橋を渡ったのか、その姿は何処にもなかった。

見失った……。

半兵衛は立ち止まった。

「半兵衛の旦那……」

古い饅頭笠を被った托鉢坊主が、背後から囁き掛けて来た。

「おう。雲海坊か……」

「はい。誰かお捜しで……」

托鉢坊主の雲海坊は、岡っ引の柳橋の弥平次の手先であり、探索のない時は両国橋の袂で経を読んで托鉢していた。半兵衛とは何度も一緒に探索をし、親しい仲だった。

「うむ。背の高い着流しの若い浪人を見掛けなかったかな」

半兵衛は尋ねた。

「背の高い着流しの若い浪人ですか……」

雲海坊は眉をひそめた。

「うん。朱鞘の刀を差しているんだがね」

「さあて、半刻（一時間）前から袂で経を読んでいますが、見掛けた覚えは……」

雲海坊は首を捻った。

「ないか……」

「半兵衛の旦那、その若い浪人、何をしたんですかい……」

「そいつなんだが、良く分からないんだ」

「良く分からない……」

雲海坊は戸惑った。

「ああ……」

半兵衛は苦笑した。


神田連雀町……。

半次と音次郎は、連雀町の木戸番屋を訪れた。そして、老木戸番の忠助に博奕打ちか遊び人風の小柄な中年男を知らないか尋ねた。

「さあ、博奕打ちか遊び人風の小柄な中年男ですか……」

「ええ。知りませんかね」

「親分さん、申し訳ねえが……」

老木戸番の忠助は、知らない事を詫びた。

「じゃあ忠助さん、連雀町に限らず、此の界隈で腕が良くて評判のお医者を教えてくれないかな」

半次は、左の二の腕に怪我をした小柄な中年男が医者に行くと睨んだ。

「腕の良いお医者ですか……」

「うん。三河町や鎌倉町も入れてね」

半次は、連雀町から西の三河町や南の鎌倉町迄の範囲を切った。

「そうですねえ……」

忠助は、医者の名をあげ始めた。

半次と音次郎は、医者の線から左の二の腕に怪我をしている小柄な中年男を辿ろうとした。


両国広小路から神田川に進み、柳橋を渡ると船宿『笹舟』はある。

柳橋の船宿『笹舟』の座敷から見える大川には、様々な船が行き交っていた。

「そいつは妙な娘ですねえ……」

柳橋の弥平次と雲海坊は、半兵衛の話を聞いて眉をひそめた。

「うん……」

「それで、嘘だと思っていた背の高い着流しの若い浪人が、おゆみの奉公する松月の前に現れましたか……」

雲海坊は、半兵衛に訊いた。

「うん。ま、背の高い着流しの若い浪人など大勢いるから、私の見た浪人がおゆみの云う若い浪人だと、決まった訳じゃあないけどね」

半兵衛は茶を飲んだ。

「それにしても、嘘だとしたら、おゆみはどうしてそんな嘘を吐くんですかね」

弥平次は首を捻った。

「そいつなんだが、おゆみが宇之吉を殺した者を庇ってての嘘かもしれない」

「じゃあ、おゆみと宇之吉を殺した者は繋がりがあるかもしれませんか……」

雲海坊は読んだ。

「うん。それとも、おゆみに他の狙いがあっての事か……」

半兵衛は、厳しさを過ぎらせた。

「よし。雲海坊、お前は半兵衛の旦那のお手伝いをしな」

弥平次は、雲海坊に命じた。

「承知しました」

雲海坊は頷いた。

「弥平次の親分、そいつは助かる。宜しく頼むよ、雲海坊」

半兵衛は、雲海坊に笑い掛けた。

「はい。じゃあ、先ずは行商人仲間に背の高い着流しの若い浪人を見掛けなかったかどうか訊いてみますが、他に何か目印のようなものはありますか」

「うん。髪は総髪。背は六尺に欠ける五尺八寸ぐらいで、朱鞘の刀に黒塗りの印籠を下げている」

半兵衛は告げた。

「分かりました。じゃあ……」

雲海坊は、身軽に立ち上がった。

土埃が、薄汚れた黒衣から僅かに舞った。


連雀町から多町、銀町……。

半次と音次郎は、老木戸番の忠助に聞いた腕の良いと評判の医者を訪ね歩いた。しかし、小柄な中年男の左の二の腕の傷を治療した医者は、容易に見つからなかった。

半次と音次郎は、粘り強く聞き込みをして小柄な中年男を捜し続けた。

夜、料理屋『松月』は客で賑わった。

半兵衛は、料理屋『松月』を見張った。

出入りする客の中に、背の高い着流しの若い浪人はいなかった。

半兵衛は、見張り続けた。

時々、おゆみは女将のおときと帰る客を見送りに出て来ていた。

客を見送るおゆみは明るく笑い、取り立てて変わった風には見えなかった。

刻は過ぎた。

大年増(おおどしま)の女中が料理屋『松月』から現れ、横手の路地の暗がりにしゃがみ込んだ。そして、辺りを窺(うかが)って煙草(たばこ)を吸い始めた。

怠(なま)けて一休みか……。

半兵衛は苦笑し、大年増の女中に近付いて声を掛けた。

大年増の女中は、慌てて煙管(きせる)の火を落とした。

「気にするな。遠慮は無用だ」

半兵衛は、大年増の女中に笑い掛けた。

「あら、そうですか、旦那……」

大年増の女中は、嬉しげに煙草を吸い始めた。

「おゆみの様子はどうかな……」

半兵衛は訊いた。

「おゆみちゃんですか……」

大年増の女中は、戸惑いを浮かべた。

「うん。様子、どうだい……」

「旦那、おゆみちゃん、どうかしたんですか」

「ちょいと気になる事があってね。どうなんだい、おゆみは……」

「真面目(まじめ)に働いていますよ」

「そうか。で、おゆみや松月の客に背の高い着流しの若い浪人はいないかな」

「背の高い着流しの若い浪人さんですか……」

「そうだ。いないかな」

「さあ、いないと思いますが……」

大年増の女中は眉をひそめた。

「そうか、いないか……」

「おこん、何処にいるんだい、おこん……」

店の中から、女将のおときの声がした。

「はい。只今（ただいま）……」

大年増の女中が、慌てて返事をした。

「旦那……」

「うん。おこん、又ゆっくり話を聞かせて貰うよ」

半兵衛は、大年増の女中のおこんに小粒を握らせた。

「あら、ま、旦那。いつでもどうぞ……」

おこんは科（しな）を作って笑い、渡された小粒を固く握り締めて店に戻って行った。

半兵衛は見送り、再び暗がりに潜（ひそ）んだ。


夜は更け、客が帰り始めた。

半兵衛は、物陰で見張り続けた。

訪れた客には、背の高い着流しの若い浪人や左の二の腕に怪我をしている小柄な中年男はいない。

亥の刻四つ（午後十時）を告げる寺の鐘の音が遠くに響いた。

料理屋『松月』の店仕舞い（みせじまい）の時だ。

下足番（げそくばん）が出て来て暖簾を片付け、軒行燈（のきあんどん）の灯を消した。

通いの奉公人たちが帰り始めた。

半兵衛は、おゆみの出て来るのを待った。

僅かな刻が過ぎ、おゆみが出て来た。

おゆみは、夜道を神田富松町に向かった。

半兵衛は追った。


夜道に行き交う人はいなかった。

おゆみは夜道に怯え（おび）たり、警戒する様子もなく富松町に進んだ。

慣れた夜道なのだ……。

半兵衛は、おゆみの周囲に眼を配りながら続いた。

おゆみは、富松町の椿長屋に真っ直ぐ帰る。

半兵衛は読んだ。

行く手に柳原通りが見え、神田川に架かっている新シ橋の袂が見えた。

昨夜、おゆみは此処の辺りから新シ橋の袂での宇之吉と背の高い着流しの若い浪人との殺し合いを見たのだ。

半兵衛は、おゆみの様子を窺った。

おゆみは、昨夜の事を忘れたかのように気にも止めず、裏通りに入った。

半兵衛は追った。


椿長屋の家々は、明かりを消して眠り込んでいた。

おゆみは、椿の木のある木戸を潜って暗い奥の家に入った。

半兵衛は、木戸の陰に入って見守った。

奥のおゆみの家に明かりが灯された。

半兵衛は見届け、長屋の様子を窺った。

不審な者が潜んでいる気配はない……。

半兵衛は見定めた。

おゆみの夜の動きには、奇妙な処や不審な様子は窺えなかった。

此迄だ……。

半兵衛は、見張りを終える事にした。

「いた……」

音次郎は驚き、素っ頓狂な声をあげた。

「旦那、背の高い着流しの若い浪人、いたんですか……」

半次は眉をひそめた。

「うむ。ま、おゆみの云っている背の高い着流しの若い浪人かどうかは分からぬが、料理屋松月の表に同じような若い浪人が現れてね。追ったのだが、両国広小路で見失ってね」

「そうでしたか……」

「それで、今、雲海坊が捜してくれている」

半兵衛は、柳橋の弥平次が両国広小路を托鉢の場にしている雲海坊を助っ人に出してくれた事を教えた。

「そいつは良かった。で、おゆみは……」

「変わった処や不審な処はなかったよ」

「そうですか……」

「して、半次。左の二の腕に怪我をした小柄な中年男はどうした」

「そいつが、医者を頼りに捜しているんですが、未だ……」

「そうか……」

「今日は三河町や鎌倉町を捜しますが……」

「面倒なのは、医者の世話にはなっていない時か……」

「ええ。ま、そうじゃないのを願って捜しますよ」

「うむ……」

半兵衛は頷き、半次や音次郎と別れておゆみの住む椿長屋に向かった。


両国広小路には見世物小屋や露店が連なり、大勢の人たちで賑わっていた。

雲海坊は、本所に続く両国橋の袂に物売りたちと並び、経を読みながら行き交う人の中に背の高い着流しの若い浪人を捜していた。

「雲海坊さん……」

風車売りの新八がやって来た。

なんだい……。

雲海坊は、経を読みながら目顔で尋ねた。

「お捜しの若い浪人らしい奴がいましたぜ」

新八は、岡っ引になりたい若者で雲海坊に懐(なつ)いていた。

「背は高いのかい……」

雲海坊は経を止め、新八を大川端(おおかわばた)に誘(いざな)った。

「ええ。六尺近い野郎で朱鞘の刀です」

「で、何処にいる……」

「浜町堀(はまちょうぼり)は元濱町(もとはまちょう)の船宿に……」

「元濱町の船宿……」

雲海坊は戸惑った。

「ええ……」

風車売りの新八は、両国広小路で背の高い着流しの若い浪人を見付け、米沢(よねざわ)町(ちょう)から武家屋敷街を抜けて浜町堀に行くのを追った。

「よし。元濱町の船宿、何て屋号だい……」

雲海坊は、元濱町の船宿に行く事にした。

「案内しますぜ……」

新八は張り切った。

「そいつは済まねえな」

雲海坊は、新八と共に浜町堀に急いだ。

神田富松町の椿長屋は、おかみさんたちの洗濯の時も過ぎて静かだった。

半兵衛は、椿の木のある木戸の陰からおゆみの家を眺めた。

おゆみの家は腰高障子を閉め、いるのかいないのか分からなかった。

確かめる……。

半兵衛は、木戸を出ておゆみの家に近付いた。そして、家の中におゆみの気配があるか窺った。

おゆみの気配はない……。

半兵衛は、おゆみが留守だと睨んだ。

「あっ。白縫さま……」

背後から女の声がした。

半兵衛は振り返った。

葱(ねぎ)や大根を抱えたおゆみが、木戸の傍から半兵衛に駆け寄って来た。

「やあ……」

半兵衛は迎えた。

「見つかったんですか、背の高い着流しの若い浪人……」

おゆみは、期待に眼を輝かせた。

三

「いや。そいつが未だでね」

半兵衛は告げた。

「そうですか……」

おゆみは肩を落とした。

半兵衛は、微かな戸惑いを覚えた。

背の高い着流しの若い浪人の存在は、出鱈目ではなく本当なのか……。

半兵衛は、おゆみの眼の輝きと落胆する姿からそう読んだ。

それにしても……。

半兵衛の戸惑いは募った。

「じゃあ白縫さま、今日は……」

おゆみは、半兵衛に尋ねた。

「うん。それなのだが、背の高い着流しの若い浪人は大勢いてね。はっきりと見定める事の出来るものが、ないかと思ってね……」

半兵衛は取り繕った。

「はっきりと見定める事の出来るものですか」

おゆみは首を捻った。

「うむ。何か此と云ったものはないかな……」

「そうですねえ……」

「刀の鞘なんかどうだ」

半兵衛は、己の見た背の高い着流しの若い浪人の朱鞘を思い出して鎌を掛けた。

「刀の鞘ですか……」

「ああ。どんな色だったかな」

「それは、赤です。刀の鞘は赤でした」

おゆみは眼を輝かせた。

「赤鞘……」

半兵衛は眉をひそめた。

「はい。白縫さま、背の高い着流しの若い浪人は、赤い鞘の刀を差していました」

おゆみは、何故か声を弾ませた。

「そうか。赤い刀の鞘、朱鞘か……」

「はい」

おゆみは頷いた。

「良く分かった。処で此から奉公か……」

「ええ。私はお昼から店仕舞い迄の遅番ですから……」

「そうか。じゃあ、奉公前の忙しい時に邪魔をしたね」

半兵衛は、礼を云って踵を返した。

「白縫さま、早く見付かるといいですね」

おゆみは、半兵衛の背中に云った。

半兵衛は振り返った。

おゆみは微笑んでいた。

「ああ……」

半兵衛は苦笑し、木戸に向かった。

まるで惚れた男でも捜しているようだ……。

半兵衛がおゆみに覚えた戸惑いは、背の高い着流しの若い浪人への態度が人殺しに対するものとは思えなかったからだった。

見付けたかと眼を輝かせ、未だだと聞いて落胆する。それは、人殺しの現場を偶々見てしまった者の態度とは思えなかった。

半兵衛は、己の戸惑いの理由に気付いた。

何れにしろ、背の高い着流しの若い浪人の存在は、おゆみの嘘偽りではない。

背の高い着流しの若い浪人は、本当にいるのだ。

朱鞘の刀を腰に差して……。

己の見掛けた若い浪人は、おゆみが云っている若い浪人と同じ人物なのかもしれない。

そして、おゆみは背の高い着流しの若い浪人を捜しているのかもしれない。

半兵衛は読んだ。

ひょっとしたら、おゆみは私たちに背の高い着流しの若い浪人を捜させているのかもしれない。

もし、そうなら何故、おゆみは背の高い着流しの若い浪人を捜しているのか……。

半兵衛は、おゆみの腹の内を読もうとした。

三河町の家並(やな)みには、物売りの声が長閑(のどか)に響いていた。

半次と音次郎は、三河町二丁目の町医者(まちいしゃ)太田玄庵(おおたげんあん)の家を訪れた。

「左の二の腕を刃物で斬られたか刺されたかした小柄な中年男か……」

玄庵は眉をひそめた。

「ええ。ご存知ありませんかね」

半次は尋ねた。

「そいつなら来たよ」

玄庵は、笑みを浮かべた。

「来た……」

半次と音次郎は、漸く左の二の腕に怪我をした小柄な中年男に辿り着いた。

「ああ。昨日の朝にな。二寸程の斬られた傷で、既に血は止まっていたが、意外に深くて、ね。焼酎(しょうちゅう)で洗って縫ってやった」

「そうですか。で、玄庵先生、そいつは何処の何て野郎ですか……」

半次は、身を乗り出した。

「甚六(じんろく)と云う奴で、確か鎌倉河岸(かまくらがし)の一膳飯屋に厄介(やっかい)になっていると聞いたが……」

玄庵は告げた。

「甚六ですか……」

半次は念を押した。

「うむ」

「何をしている奴か分かりますか……」

「ありゃあ、博奕打ちだな」

玄庵は告げた。

「じゃあ、甚六がいるって鎌倉河岸の一膳飯屋の屋号は……」

半次は、厳しい面持ちで尋ねた。


鎌倉河岸は既に荷下(にお)ろしが終わり、閑散としていた。

一膳飯屋『大もり亭』では、仕事を終えた人足たちが屯(たむろ)し、賽子(さいころ)遊びをしていた。

「邪魔するぜ……」

半次と音次郎が入って来た。

「いらっしゃい……」

人足たちと賽子遊びをしていた髭面の親父が、半次と音次郎を迎えた。

「親父、甚六は何処だ」

半次は、髭面の親父に十手を見せた。

「甚六……」

髭面の親父は、半次と音次郎の素性に気付き、眉をひそめた。

「ああ。何処にいるんだ」

「さあねえ。甚六なら昨日出て行っちまいましたよ」

髭面の親父は笑った。

「手前……」

音次郎は、髭面の親父に摑み掛かった。

「音次郎、家捜しだ」

半次は、一膳飯屋『大もり亭』の板場から居間に進んだ。

「はい……」

音次郎は、髭面の親父を突き飛ばして半次に続いた。

一階の居間と納戸、二階の二間の部屋……。

半次と音次郎は家捜しをした。だが、甚六は一膳飯屋『大もり亭』の何処にもいなかった。

半次と音次郎は、髭面の親父を問い詰めた。

「甚六、何処に行ったんだい……」

「知らねえよ……」

髭面の親父は嘲りを浮かべた。

刹那、半次は髭面の親父の頬を平手打ちにした。

鋭い音が短く鳴り、髭面の親父は嘲りを浮かべたまま凍て付いた。

「音次郎、お縄にしな」

「はい……」

音次郎は、髭面の親父に縄を打った。

「話は南茅場町の大番屋でじっくり聞かせて貰うぜ。手前も叩けばいろいろ埃が立つだろう。楽しみだな」

半次は、面白そうに嗤った。

「そ、そんな……」

髭面の親父は、震え上がった。

大番屋での詮議は、町奉行所の同心が加わって厳しいものだった。

「覚悟の上で喋ったんだろう。こっちも遠慮はしねえぜ」

半次は笑顔で告げ、髭面の親父を乱暴に引き摺り立たせた。

「云う。云います……」

髭面の親父は泣きを入れた。

「何を云うんだい……」

半次は、苦笑しながら甚振った。

「甚六です。甚六の事なら何でも話します」

髭面の親父は、懸命に縋った。

所詮、小悪党には意地も仁義もなく、我が身可愛さに他人を売る。

「よし。話が気に入れば大番屋は勘弁してやるぜ」

「へ、へい……」

「遊び人の宇之吉を殺したのは甚六だな」

「へい。甚六は博奕打ちでして、昔、宇之吉の野郎に女房を寝取られた挙げ句、女衒に売り飛ばされたそうです。そいつを恨んで捜していた。そうしたら……」

「賭場で出逢ったのか……」

「ええ。それで……」

「宇之吉を殺して逃げたか……」

「仰る通りで……」

髭面の親父は頷いた。

「で、甚六は何処に逃げたんだ……」

半次は尋問を続けた。


浜町河岸には三味線の爪弾きが洩れていた。

雲海坊は、千鳥橋の袂から浜町堀越しに船宿『千鳥』の店を窺った。

店の土間では番頭と船頭が話をしているだけで、他に人はいなかった。

「新八、背の高い着流しの若い浪人、千鳥に入ったのは間違いねえんだな」

「はい。此の眼ではっきり見ました」

風車売りの新八は、喉を鳴らして頷いた。

「そうか……」

背の高い着流しの若い浪人は、船宿『千鳥』に客として訪れたのか、それとも何か用があって来たのか……。

そして、背の高い着流しの若い浪人は、今も船宿『千鳥』にいるのか……。

雲海坊は、見定める手立てを思案した。

「よし……」

雲海坊は、新八を残して千鳥橋を渡って船宿『千鳥』に向かった。

新八は、息を詰めて雲海坊を見守った。


雲海坊は、船宿『千鳥』の店先に佇んで経を読み、托鉢を始めた。

下手な経は朗々と続いた。

船宿『千鳥』の店から番頭が現われ、経を読む雲海坊の頭陀袋に御布施を入れた。

雲海坊は深々と頭を下げ、一段と声を張り上げて経を読み続けた。

「お坊さま、もう結構ですので、どうぞ……」

番頭は、次の家に行ってくれと促した。

「いえ。御遠慮は御無用にございますぞ」

雲海坊は惚け、構わず経を読み続けた。

「お坊さま……」

番頭は困惑した。

雲海坊は、下手な経を執拗に続けた。

「どうした……」

船宿『千鳥』の奥から背の高い着流しの若い浪人が、朱鞘の刀を手にして出て来た。

いた……。

雲海坊は見届けた。

「あっ、平八郎さま……」

番頭は、平八郎と呼んだ背の高い着流しの若い浪人に助けを求める眼を向けた。

「うむ……」

平八郎と呼ばれた若い浪人は、事態を察知して頷いた。

「御坊、経はもう良い。引き取ってくれ」

平八郎は、穏やかだが断固たる口調で雲海坊に告げた。

「そうか。此からが聞き処なのだが、もう宜しいか……」

雲海坊は、真面目な顔で尋ねた。

「如何(いか)にも……」

平八郎は苦笑した。

「それは残念。ではな……」

雲海坊は手を合わせて船宿『千鳥』の店先から立ち去った。

平八郎と番頭は、経を読みながら行く雲海坊を見送った。

背の高い着流しの若い浪人は、船宿『千鳥』にいた。

名は平八郎……。

番頭との遣(や)り取(と)りをみる限り、客や奉公人ではない親しさを感じさせた。

平八郎は何者なのだ……。

雲海坊は、下手な経を読みながら千鳥橋の隣りの汐見橋(しおみばし)に向かった。


馬喰町二丁目の料理屋『松月』には、暖簾を掲げる時が訪れていた。

板前たちとおゆみたち女中は、忙しく働いていた。

半兵衛は、甘味処で茶を飲みながら窓から料理屋『松月』を見張り、再び背の高い着流しの若い浪人が現われるのを待った。

「旦那……」

音次郎が、甘味処に駆け込んで来た。

「どうした」

「はい。宇之吉を殺った小柄な中年男が分かりました」

「そうか。御苦労だったね。して、何処の誰だい」

「博奕打ちの甚六って野郎でしてね。宇之吉に女房を寝取られ、女衒に売り飛ばされた恨みを晴らしたそうです」

「成る程、で、その甚六、今何処にいる」

「はい。深川は猿江御材木蔵の傍にある常陸国は高浦藩江戸下屋敷に寄ってから下総に逃げる手筈だとか……」

「高浦藩江戸下屋敷だと……」

半兵衛は眉をひそめた。

「ええ。中間部屋が夜な夜な賭場になるそうでしてね。甚六、一稼ぎして逃げようって魂胆です」

音次郎は苦笑した。

「じゃあ、未だ高浦藩江戸下屋敷にいるかもしれないな」

「はい。半次の親分が先に行きました」

「よし……」

おゆみは、料理屋『松月』で仕事を始めた限り、妙な動きはない筈だ。

半兵衛は、音次郎を連れて深川猿江町に向かった。

深川横十間堀に面した猿江御材木蔵は、公儀の材木貯蔵池で木の香りに満ちていた。

半次は、御材木蔵の横にある常陸国高浦藩江戸下屋敷を窺った。

高浦藩江戸下屋敷は、表門を閉めて静けさに覆われていた。

此の下屋敷の中間部屋では、夜になると賭場が開かれているのだ。

博奕打ちの甚六は、未だ中間部屋にいるのか……。

半次は、突き止める手立てを思案した。

雲海坊は、船宿『千鳥』に関して周囲に聞き込みを掛けた。

船宿『千鳥』には、旦那と女将夫婦、娘と息子、番頭と女中、船頭などの奉公人がいた。そして、商いは手堅く、店は繁盛していた。

船宿『千鳥』に悪い評判はない。

「どうだい……」

雲海坊は、千鳥橋の袂で風車売りの商いをしながら船宿『千鳥』を見張っていた新八に尋ねた。

「お客が出入りするだけで、妙な事はありませんし、平八郎も入ったままですぜ」

新八は、手先気取り（きど）で報せた。

「そうか……」

雲海坊は苦笑した。

「兄い……」

新八は声を潜めた。

船宿『千鳥』から、娘のおかよと風呂敷包みを持った女中が女将に見送られて出て来た。

「きっと、お嬢さんのおかよが、女中をお供に御稽古事（おけいこごと）に行くんですぜ」

新八は睨んだ。

「うん……」

雲海坊は頷いた。

船宿『千鳥』から平八郎が、朱鞘の刀を腰に差しながら現れ、おかよと女中の後に続いた。

どうした……。

雲海坊は戸惑った。

「雲海坊の兄い、どうします」

新八は、雲海坊に尋ねた。

「新八、お前は此処にいな……」

雲海坊は、新八に云い残して平八郎を追った。


常陸国高浦藩江戸下屋敷に出入りをする者はいなかった。

博奕打ちの甚六はいるのか……。

半次は、微かな焦りを覚えながら御材木蔵の物陰から見張り続けた。

半兵衛と音次郎が、小名木川(おなぎがわ)沿いの道から横十間堀沿いの道に現れた。

「旦那、音次郎……」

半次は呼んだ。

半兵衛と音次郎は、半次のいる御材木蔵の物陰に入って来た。

「博奕打ちの甚六、いるのか……」

「そいつが未だ……」

半次は焦りを見せた。

「分からないか……」

「はい……」

「なあに、後はじっくりやるだけだ……」

半兵衛は微笑んだ。

四

常陸国高浦藩は三万石の小藩であり、江戸下屋敷の留守居番の家来たちは少なく、藩主一族や重臣たちも滅多に使わなかった。

中間頭は、それを良い事に中間部屋を賭場にしていた。

半兵衛は、半次や音次郎と共に高浦藩江戸下屋敷を見張った。

西に大きく傾いた陽は、半兵衛たちの影を横十間堀に長く伸ばしていた。

高浦藩江戸下屋敷から中間が現れ、門前の掃除を始めた。

「旦那、ちょいと細工をして良いですかい」

半次は、半兵衛に許しを求めた。

「良い手を思い付いたかい」

「まあ……」

「よし、見張っているだけじゃあ埒が明かない。やってみな」

半兵衛は許した。

「ありがとうございます。音次郎、お前、あの中間に一膳飯屋大もり亭の髭面親父の使いだと云って、甚六を呼んで貰え」

半次は命じた。

甚六を呼び出し、出て来た処を捕まえる……。

「そいつは面白え。じゃあ、ちょいと行って来ますぜ」

音次郎は、薄汚れた手拭で頰被りをして掃除をしている中間に駆け寄った。

「上手くいくと良いですが……」

半次は、不安を滲ませた。

「うん……」

半兵衛は、音次郎を見守った。

「やあ。高浦藩の江戸下屋敷ってのは此の御屋敷ですかい……」

音次郎は、頬被りを取りながら掃除をしている中間に近付いた。

「ああ。そうだが、お前さんは……」

中間は、音次郎に胡散臭げな眼を向けた。

「あっしは、鎌倉河岸の大もり亭って一膳飯屋の親父の使いの者ですが、甚六さんは未だいますか……」

音次郎は、辺りを見廻して声を潜めた。

「甚六さんに用かい……」

「ああ。甚六さんの忘れ物を届けるように大もり亭の親父に頼まれてね」

「そうかい。じゃあ、その忘れ物、俺が渡してやるぜ」

中間は手を出した。

「兄い。子供の使いじゃあねえんだ。そうはいかねえ」

音次郎は苦笑した。

「じゃあ、呼べねえといったら……」

中間は、試すように音次郎を見た。

「此迄だぜ。造作を掛けたね」

音次郎は踵を返した。

「待ちな……」

中間は呼び止めた。

「なんだい……」

音次郎は振り返った。

「甚六さん、呼んでくるぜ」

中間は、潜り戸から下屋敷に入って行った。

音次郎は、秘かに安堵（あんど）した。

僅かな刻が過ぎ、中間が小柄な中年男を連れて出て来た。

甚六だ……。

音次郎は見定めた。

「やあ。甚六さん……」

「お前が大もり亭の親父の使いか……」

甚六は、探る眼を音次郎に向けた。

「ああ。こいつを届けるように……」

音次郎は頷き、懐に手を入れた。

刹那、捕（と）り縄（なわ）が飛来して甚六の首に巻き付いた。

甚六は仰け反った。
音次郎は懐から十手を出し、甚六の左の二の腕を殴り付けた。
「野郎……」
甚六は左の二の腕に血を滲ませ、顔を醜く歪めて激怒した。
半次が、捕り縄を引いた。
甚六は、仰向けに引き倒された。
音次郎は十手を構え、甚六に馬乗りになろうとした。
甚六は匕首を一閃した。
音次郎は、身を投げ出して辛うじて躱した。
半兵衛が駆け寄り、甚六の匕首を蹴り飛ばした。
甚六は怯み、抗った。
「甚六、宇之吉殺しでお縄にする。神妙にするんだね」
半兵衛は、甚六を殴り飛ばした。
半次と音次郎は、抗う甚六を押さえ付けて縄を打った。
中間や博奕打ちたちが、匕首や長脇差を持って下屋敷から出て来た。
半兵衛は、苦笑いを浮かべて立ちはだかった。

中間や博奕打ちたちは得物を振り翳し、半兵衛に猛然と殺到した。

半兵衛は、腰を僅かに沈めて刀を閃かせた。

先頭にいた中間の長脇差を握る手が斬り飛ばされ、回転しながら横十間堀に落ちて水飛沫を煌めかせた。

長脇差を握る手を斬り飛ばされた中間は昏倒し、他の者たちは怯んで後退りした。

「早く医者に診せるんだね」

半兵衛は告げた。

「旦那……」

「ああ。甚六を大番屋に引き立てな」

半兵衛は、半次と音次郎を促した。

半次と音次郎は、甚六を厳しく引き立てた。

「高浦藩も黙っていない。次はお前たちだよ」

半兵衛は、深川の下屋敷の中間部屋が賭場になっていると、高浦藩に報せるつもりだった。

中間や博奕打ちたちは狼狽えた。

「邪魔したね……」

半兵衛は、中間や博奕打ちに笑い掛けた。


夕陽は西堀留川の水面に映えた。

平八郎は道浄橋の袂に佇み、伊勢町の外れにある仕舞屋を眺めていた。

雲海坊は、西堀留川越しに見守った。

元濱町の船宿『千鳥』の娘のおかよと女中が、伊勢町の外れにある仕舞屋に入って半刻が過ぎていた。

仕舞屋には、『茶之湯指南』の看板が掛けられていた。

おかよは茶之湯の稽古に来ており、平八郎はさり気なく用心棒をしている……。

雲海坊は読んだ。

おかよと風呂敷包みを持った女中が、仕舞屋から出て来た。そして、おかよは道浄橋の袂にいる平八郎に微笑み掛けて浜町に向かった。

平八郎は、それとなくおかよと女中の後に続いた。

やはり、おかよの用心棒なのだ……。

平八郎は、船宿『千鳥』に用心棒に雇われているのだ。

雲海坊は見定めた。

夕陽は沈む。


博奕打ちの甚六は何もかも認めた。

遊び人の宇之吉殺しは、博奕打ちの甚六を捕らえて終わった。そして、常陸国高浦藩江戸下屋敷の中間たちは成敗され、賭場は潰された。

「一件落着ですね……」

半次は、安堵を浮かべた。

「いや。未だだよ」

半兵衛は小さく笑った。

「おゆみですか……」

半次は、半兵衛の腹の内を読んだ。

「うん。何故、宇之吉を殺したのは背の高い着流しの若い浪人などと云ったのか、そいつを突き止めなければな」

「半兵衛の旦那、おゆみは目立ちたいだけの嘘吐きなんですよ」

音次郎は、腹立たしげに告げた。

「そうかもしれぬが。ま、確かめてみるよ」

半兵衛は苦笑した。

背の高い着流しの若い浪人の名は村川平八郎、元濱町の船宿『千鳥』の用心棒だった。

それが、雲海坊が見付けた背の高い着流しの若い浪人の素性だった。

「して雲海坊、その村川平八郎、朱鞘の刀に黒い印籠なのかい」

「はい。それはもう……」

雲海坊は頷いた。

「よし。おゆみに顔を検めさせるか……」

半兵衛は決めた。


おゆみは、眼を輝かせた。

「白縫さま、背の高い着流しの若い浪人、見つかったんですか……」

「うん。それで、若い浪人の顔を検めて貰おうと思ってね」

「はい……」

おゆみは、喜び勇んだ。

普通、人は人殺しの顔を検めるのを嫌がる。

だが、おゆみは眼を輝かせて喜ぶ……。

半兵衛は、思わず苦笑した。


浜町堀には、行き交う船の櫓の軋みが響いていた。

半兵衛は、浜町堀に架かっている千鳥橋の袂におゆみを伴った。

「おゆみ、あの千鳥って船宿から背の高い着流しの若い浪人が出て来る。そいつの顔を良く見定めるんだよ」

半兵衛は云い聞かせた。

「はい……」

おゆみは、緊張した面持ちで船宿『千鳥』を見詰めた。

僅かな刻が過ぎ、船宿『千鳥』から雲海坊と平八郎が出て来た。

「あっ……」

おゆみは、思わず声をあげた。

「あの浪人か、おゆみ……」

半兵衛は、平八郎を見詰めるおゆみを窺った。

おゆみの平八郎を見詰める眼は、きらきらと輝いていた。

「おゆみ……」

「は、はい。そうです。あの浪人です……」

おゆみは、平八郎を見詰めたまま嬉しげに頷いた。

「やはり、そうか……」

「はい。間違いありません……」

「間違いないか……」

半兵衛は苦笑した。

雲海坊と平八郎は、汐見橋に向かった。

「白縫さま、行って仕舞います」

おゆみは狼狽えた。

「うむ……」

半兵衛は、浜町堀を挟んで雲海坊と平八郎を追った。

おゆみは、慌てて半兵衛に続いた。

「白縫さま、あの浪人、名前は分かったのですか……」

「うむ……」

「何て名前ですか……」

「おゆみ、そいつを知ってどうするんだい」

半兵衛は立ち止った。

「えっ、いえ。別に……」

おゆみは誤魔化した。

「じゃあ、知らなくても良いだろう。どうせ、人殺しで死罪の身だ」

半兵衛は笑った。

「死罪……」

おゆみは驚いた。

「ああ。人を殺した罪を償(つぐな)うのだ。仕方があるまい」

半兵衛は、おゆみの反応を窺った。

「そんな……」

おゆみは、激しく狼狽えた。

「御苦労だったね、おゆみ……」

半兵衛は追い込んだ。

「違います……」

　おゆみは、喉を引き攣(つ)らせた。

「違います。あの浪人さんは新シ橋の袂で人を殺しちゃあいません」

　おゆみは、嗄(しゃが)れ声を震わせた。

「人を殺していない……」

「はい。人なんか殺しちゃあいません」

　おゆみは、半兵衛を縋る眼で見詰めた。

「しかし、おゆみ、お前……」

「嘘です。私、嘘を吐いたんです」

　おゆみは、己の嘘を認めた。

「そうか。安心しなおゆみ、宇之吉を殺した奴はもうお縄にしたよ」

「えっ……」

　おゆみは戸惑った。

「おゆみ、どうして宇之吉を殺したのは背の高い着流しの若い浪人などと、嘘を吐いたんだい」

「捜して欲しかった。背の高い着流しの若い浪人さんを捜して欲しかったからです」

おゆみは項垂れた。

「捜して欲しかったからか……」

「はい……」

「何故、捜して欲しかったんだい……」

「好きになったから、逢いたかったから、捜して貰いたくて、嘘を吐いたんです……」

おゆみは、堀端にしゃがみ込んで声に涙を滲ませた。

「そうか、好きになったから嘘を吐いたか……」

嘘を吐いた理由は、驚く程に安直だった。

半兵衛は、堀端にしゃがみ込んだおゆみを哀れんだ。

浜町堀の流れに笹舟が揺れた。

「じゃあ、松月の前を通り過ぎて行った村川平八郎さんに一目惚れをして、何処の誰か知りたくて嘘を吐いたってんですか……」

半次は眉をひそめた。

「ああ……」

「冗談じゃありませんよ。こっちはその嘘に振り廻されたんですからね」

音次郎は、頬を膨らませた。

「怒るな半次、音次郎。思い込みの激しい天涯孤独の若い娘が男に一目惚れをして、後先考えずに吐いた嘘だ……」

半兵衛は苦笑した。

「でも、お上の御用の邪魔をしたんです。お縄にしなくていいんですか……」

音次郎は拘った。

「音次郎、世の中には私たちが知らん顔をした方が良い事がある。嘘を吐いたぐらいで若い娘をお縄にして、此からの生涯に傷を付けちゃあならない。違うかな……」

「旦那……」

音次郎は困惑した。

「良く分かりました。旦那……」

半次は苦笑した。

「ま、おゆみは私に免じて許してやってくれ。此の通りだ」

半兵衛は、半次と音次郎に頭を下げた。

「分かりました。旦那、許してやってくれなんて、勘弁して下さいよ」

音次郎は笑った。

「そうか。すまないな……」

おゆみが、此からどうなるかは分からない。

又嘘を吐いて誰かを困らせ、お縄になるかもしれない。だが、それもおゆみの運命なのだ。

嘘吐きか……。

半兵衛は、おゆみを哀れみ、その行く末を心配せずにはいられなかった。

第四話　名無し

一

元結を鋏で切る音が鳴った。

北町奉行所臨時廻り同心の白縫半兵衛は、廻り髪結の房吉に頭髪を預けて眼を瞑った。

日髪日剃が始まった。

「処で旦那、五日前に日本橋は室町の献残屋に押し込んだ盗人、鬼薊の長五郎の仕業だってのは本当なんですかい……」

房吉は、半兵衛の月代を剃りながら訊いた。

「うむ。献残屋の金蔵に鬼薊の絵の千社札が残されていたらしいよ」

半兵衛は、眼を瞑ったまま小さく頷いた。

鬼薊の長五郎は、五人の配下を従えて大店に押し込み、誰にも気付かれずに金を盗んで消える本格の盗賊だった。

「ですが、鬼薊の長五郎は二年前、一度もお縄にならず無事に還暦(かんれき)を迎え、隠居したんじゃあないんですか……」

房吉は眉をひそめた。

「うむ。どうやら、二代目の鬼薊の長五郎の押し込みらしいね」

半兵衛は告げた。

「二代目……」

房吉は、戸惑いを浮かべた。

「うむ……」

「そうですか、二代目の鬼薊ですか……」

房吉は、気が付いたように頷いた。

「鬼薊がどうかしたのか……」

「いえ。鬼薊の長五郎、犯さず殺さずの真っ当な盗賊だと思っていたのですが、室町の献残屋では主(あるじ)夫婦を殺(あや)め、外道(げどう)働(ばたら)きをしたと聞きましてね。それで妙だなと思いまして……」

「うむ。どうやら、二代目の鬼薊の長五郎は先代とは違う外道のようだね」

半兵衛は眼を瞑り、房吉の日髪日剃を受け続けた。

日本橋室町の献残屋『千寿堂（せんじゅどう）』は主夫婦を殺されて以来、大戸（おおど）を閉めていた。二人の幼い子供しかいない献残屋『千寿堂』は店を継ぐ者もいなく、老番頭たちによって廃業の整理手続きがされていた。

近所の者たちは、献残屋『千寿堂』の殺された主夫婦を始めとした者たちに同情し、盗賊鬼薊の長五郎を外道として憎んだ。

月番の南町（みなみまち）奉行所の同心たちは、鬼薊の長五郎一味の行方を追っていた。

半兵衛は、半次と音次郎を従えて見廻りの途中、献残屋『千寿堂』に立ち寄った。

献残屋『千寿堂』は、大戸を閉めて静まり返っていた。

「気の毒にな……」

半兵衛は、献残屋『千寿堂』に同情した。

「ええ……」

半次は頷いた。

「南町の探索、どうなっているんですかね」

音次郎は眉をひそめた。

「さあねえ……」

半兵衛は、自分たちと同様に献残屋『千寿堂』を見ている痩せた白髪頭の年寄りがいるのに気が付いた。

痩せた白髪頭の年寄りは、大店の隠居のような形をし、腹立たしげな面持ちで献残屋『千寿堂』を見詰めていた。

何者だ……。

半兵衛は気になった。

痩せた白髪頭の年寄りは、献残屋『千寿堂』に手を合わせて踵を返した。

献残屋『千寿堂』に拘わりのある者か……。

半兵衛は読んだ。

「半次……」

「はい……」

「あの年寄りを追うよ」

半兵衛は、足早に立ち去って行く痩せた白髪頭の年寄りを示した。

「えっ。はい。じゃあ、あっしと音次郎が先に行きます。旦那は後から来て下さい」

半次は、戸惑いながらも尾行の手筈を決めた。

「頼む……」

半兵衛は頷いた。

「行くぞ、音次郎……」

「はい……」

半次と音次郎は、痩せた白髪頭の年寄りを尾行た。

痩せた白髪頭の年寄りは、日本橋の通りを神田八ツ小路に向かった。

半次と音次郎は、充分に間を取って慎重に尾行た。

半兵衛は、半次と音次郎を追った。

痩せた白髪頭の年寄りは、神田八ツ小路に出て立ち止まり、何気ない様子で背後を窺った。

尾行て来る者を警戒している……。

半次は歩みを止めずに脇を通り過ぎ、音次郎は柳原通りに曲がった。

痩せた白髪頭の年寄りは、尾行て来る者がいないと見定めて昌平橋に進んだ。

半次と音次郎が行き交う人々の間から現れ、再び痩せた白髪頭の年寄りを追った。

只の年寄りではない……。

何者だ……。

半次と音次郎は尾行を続けた。


下谷広小路は賑わっており、北の奥に東叡山寛永寺、西に不忍池があった。

仁王門前町は不忍池の東の畔にあり、料理屋『笹乃井』があった。

料理屋『笹乃井』の前の通りは、不忍池の弁天島に祀られた弁財天に参拝する者が行き交っていた。

痩せた白髪頭の年寄りは、料理屋『笹乃井』に入った。

半次と音次郎は見届け、小さな吐息を洩らして尾行の緊張を解いた。

「笹乃井に入ったのかい……」

半兵衛がやって来た。

「はい。旦那、あの年寄り、素人じゃありませんぜ」

半次は苦笑した。

「やっぱりね……」

半兵衛は頷いた。

「素性が気になりますね……」

「うん。それに、笹乃井には飯を食べに来ただけなのか、誰かと逢う為に来たのか……」

半兵衛は眉をひそめた。

「ちょいと見張ってみますか……」

半次は告げた。

「そうだな……」

半兵衛は頷いた。


四半刻（三十分）が過ぎた。

痩せた白髪頭の年寄りが、初老の侍と一緒に料理屋『笹乃井』から出て来た。

痩せた白髪頭の年寄りと初老の侍は、言葉を交わしながら下谷広小路に向かった。

半兵衛、半次、音次郎が、料理屋『笹乃井』の斜向かいにある茶店から現われて追った。

　痩せた白髪頭の年寄りと初老の侍は、下谷広小路で別れた。

「旦那……」

「半次、侍を頼む。私は白髪頭の年寄りを追うよ」

　半兵衛は、巻羽織を脱いだ。

「承知。音次郎、旦那のお供をな」

「合点です」

　半兵衛と音次郎は、湯島天神裏門坂道に向かう痩せた白髪頭の年寄りを追った。

　半次は、御徒町に進む初老の侍を尾行た。


　湯島天神門前町の盛り場は、連なる飲み屋が漸く眼を覚まして店を開ける仕度を始めていた。

　痩せた白髪頭の年寄りは、開店の仕度を始めた飲み屋の連なりの間を進んだ。

　半兵衛は、音次郎を伴って追った。

　痩せた白髪頭の年寄りは、戸を開けて掃除をしている小料理屋に入って行った。

「旦那……」

「うん……」

半兵衛と音次郎は、小料理屋に近づいて店の中を窺った。

小料理屋の店内では、痩せた白髪頭の年寄りが女将らしき粋な年増と何事か話をしていた。

半兵衛と音次郎は、物陰から見守った。

僅かな刻が過ぎた。

痩せた白髪頭の年寄りは、女将らしき粋な年増に何事かを云って小料理屋を出た。

女将らしき粋な年増は、店の板場から出て来た若い男に目配せをした。

若い男は頷き、痩せた白髪頭の年寄りを追った。

「よし、音次郎は小料理屋と女将をな……」

「承知しました」

半兵衛は、音次郎を残して痩せた白髪頭の年寄りを追う若い男に続いた。

下谷練塀小路には組屋敷が連なり、人通りは少なかった。

初老の侍は、練塀小路を進んで古い組屋敷の木戸門を潜った。

半次は見届けた。

初老の侍は、古い組屋敷に入ったまま出て来る気配はなかった。

もし、古い組屋敷が自宅なら、初老の侍は御家人と云う事になる。

半次は、通り掛かるお店者や棒手振りなどに聞き込みを掛け、初老の侍の名前などを突き止める事にした。


痩せた白髪頭の年寄りは、湯島天神裏の切通しを本郷に進んだ。

若い男は、足早に痩せた白髪頭の年寄りの背後に近づき、懐から匕首を出した。

匕首が煌めいた。

「危ない……」

半兵衛は叫んだ。

若い男は、痩せた白髪頭の年寄りに猛然と突き掛かった。

痩せた白髪頭の年寄りは、咄嗟に身を投げ出して若い男の匕首を躱した。

若い男は慌てて体勢を立て直し、倒れている痩せた白髪頭の年寄りに匕首を翳(かざ)した。

痩せた白髪頭の年寄りは顔を歪(ゆが)めた。

刹那(せつな)、半兵衛が駆け寄って若い男を蹴り飛ばした。

若い男は、仰(の)け反(ぞ)り倒れた。

「やるか……」

半兵衛は、刀を握って抜き打ちに構えた。

若い男は狼狽(うろた)え、跳ね起きて逃げた。

半兵衛は、嘲(あざけ)りを浮かべて見送った。そして、痩せた白髪頭の年寄りを助け起こした。

「大丈夫か、怪我はないか……」

半兵衛は笑い掛けた。

「は、はい。お陰で助かりました」

痩せた白髪頭の年寄りは、安堵(あんど)の面持ちで半兵衛に頭を下げた。

「なあに、礼には及ばん。それより何なんだ、あの若いのは。物盗(ものと)りか……」

「さあ……」

痩せた白髪頭の年寄りは、言葉を濁して眼を背けた。

知っている……。

痩せた白髪頭の年寄りは、若い男の素性と襲った理由を知っているから言葉を濁して眼を背けたのだ。

半兵衛は睨んだ。

何故、知らない振りをするのか……。

半兵衛は、新たな興味を抱いた。

「俺は半兵衛、貧乏御家人だ。おぬしの名前は……」

「あっしは……」

痩せた白髪頭の年寄りは云い澱んだ。

「うん。あっしは何だ……」

半兵衛は促した。

「あっしは、権兵衛……」

「権兵衛……」

半兵衛は眉をひそめた。

「はい。名無しの権兵衛の権兵衛です」

痩せた白髪頭の年寄りは、半兵衛の出方を探るように告げた。

「そうか、あの権兵衛か……」

半兵衛は頷いた。

〝権兵衛〟は、己の本名を隠す為の偽名(ぎめい)だ。

半兵衛は見定めた。

〝知らん顔の半兵衛〟と〝名無しの権兵衛〟とは面白い……。

半兵衛は、思わず苦笑した。

「半兵衛の旦那……」

権兵衛と名乗った痩せた白髪頭の年寄りは、半兵衛の苦笑に戸惑いを浮かべた。

「じゃあ権兵衛、気を付けて行きな」

半兵衛は、切通しを本郷に向かった。

「半兵衛の旦那……」

権兵衛は呼び止めた。

「なんだい……」

「どちらに行くんですかい」

権兵衛は尋ねた。

「本郷は弓町の知り合いの屋敷だが、権兵衛は何処迄行くのだ」

半兵衛は、ここぞとばかりに訊いた。

「手前は白山権現迄……」

「そうか、白山権現か。じゃあ北ノ天神迄一緒に行くか……」

半兵衛は誘った。

「は、はい……」

権兵衛は、半兵衛の誘いに頷いて歩き出した。

「権兵衛は隠居の身かな」

半兵衛は、歩きながら世間話を始めた。

「は、はい。二年前に隠居の身になりました」

「二年前か、そいつは羨ましいな」

「半兵衛の旦那、そんなに羨ましいもんじゃありませんよ」

権兵衛は、腹立たしげに眉をひそめた。

「どうかしたのか……」

半兵衛は尋ねた。

「そりゃあ、隠居して後を譲った奴が上等な奴なら良いんですがね。そいつが陸な者じゃあなかったらそりゃあもう愁嘆場、眼も当てられませんよ」

権兵衛は苦笑した。

「権兵衛が後を譲った奴は、陸な者じゃあなかったか……」

半兵衛は、権兵衛の苦笑を読んだ。

「ええ。ま、手前の人を見る眼がなかったって恥曝しな話なんですがね」

権兵衛は、己を嘲笑った。

「そうか、それなら隠居しても気が休まらないな……」

半兵衛は、権兵衛に同情した。

「ええ……」

権兵衛は、疲れたような吐息を洩らした。

切通しは、加賀国金沢藩江戸上屋敷の横に続いた。


半兵衛と権兵衛は、切通しを抜けて人の行き交う本郷の通りに出た。

北ノ天神真光寺は、本郷の通りの向こうにあった。

本郷弓町には、本郷の通りを横切って真っ直ぐ進む。そして、白山権現には本郷の通りを北に向かう。

「じゃあ権兵衛、気を付けて行くんだな」

「はい。半兵衛の旦那、ありがとうございました。御無礼します」

権兵衛は、半兵衛に深々と頭を下げて本郷の通りを北に向かった。

半兵衛は見送り、傍らの荒物屋で塗笠を買って被り、本郷の通りを北に急いだ。

やがて、行く手に権兵衛の後ろ姿が見えた。

半兵衛は、権兵衛を尾行た。


下谷練塀小路に行商人の売り声が響いていた。

半次は、米屋の手代や棒手振りの魚屋たちに聞き込みを掛けた。

古い組屋敷の初老の侍は、山内左門と云う名の小普請組の御家人であり、娘と二人暮らしだった。

「へえ、山内左門さま、娘さんと二人暮らしなのかい……」

「ええ。楓さまって娘さんでね。優しく穏やかな方ですよ」

棒手振りの魚屋は笑った。

「山内さまはどんな人かな……」

「どんな人って、良く知らないけど、落ち着いた物静かな人でしてね。何でも何とか流って剣術の名人だそうだよ」

魚屋は辺りを窺い、囁(ささや)いた。

「へえ。何とか流の名人ねえ……」

半次は、微(かす)かな緊張を覚えた。


湯島天神門前町の盛り場の小料理屋の屋号は『初音(はつね)』、粋な形(なり)の年増の女将の名前はおつやで大店の旦那の囲われ者だった。

音次郎は、聞き込みを続けた。

小料理屋『初音』は、それなりに常連客が付いていて繁盛していた。

女将のおつやを囲っている大店の旦那とは、何処の誰なのか……。

そして、痩せた白髪頭の年寄りと小料理屋『初音』の拘わりはどんなものなのか……。

音次郎は気になった。

痩せた白髪頭の年寄りを追って行った若い男が、小料理屋『初音』に駆け戻ってきた。

若い男は、顔と着物を汚していた。

半兵衛の旦那にやられた……。

音次郎は睨み、苦笑した。

本郷通りからの道は、白山権現の脇で板橋中仙道、飛鳥山王子権現、谷中天王寺に続く三つの道に分かれる。

半兵衛は、塗笠を目深に被って権兵衛を尾行た。

権兵衛は、白山権現の脇を飛鳥山王子権現に続く道に進んだ。

半兵衛は追った。

権兵衛は、吉祥寺手前の駒込片町の間の田舎道に入った。

田舎道は田畑に続いていた。

何処に行く……。

半兵衛は、田舎道を行く権兵衛を追った。

権兵衛は、背後に小さな林のある生垣に囲まれた百姓家に入った。

半兵衛は、木陰から見届けた。

生垣に囲まれた百姓家は、権兵衛の家なのか……。

半兵衛は、見定める事にした。

二

外濠に夕陽が映えた。

半兵衛は、一石橋の袂の蕎麦屋で半次や音次郎と落ち合い、蕎麦をすすった。

「下谷練塀小路の組屋敷に住む御家人の山内左門か……」

「はい。落ち着いた物静かな人で剣術の達人だそうですよ」

半次は告げた。

「ほう、剣術の達人ねえ……」

半兵衛は眉をひそめた。

「ええ。山内左門と権兵衛、どんな拘わりなんですかね……」

「うむ……」

「それで半兵衛の旦那、湯島天神門前の小料理屋の初音の女将ですが、おつやって云いまして、大店の旦那の妾だそうですよ」

音次郎は報せた。

「して、大店の旦那ってのは……」

「そいつがいろいろ聞き込んだのですが、今の処は未だ……」

「分からないか……」

「はい……」

音次郎は、悔しげに頷いた。

「それにしても旦那、痩せた白髪頭の年寄り、権兵衛だなんて偽名、よくもいけしゃあしゃあと抜かしましたね」

半次は苦笑した。

「うん、それで駒込片町の百姓家の近くの者に訊いたのだが、隠居夫婦が小さな畑を作って暮らしているとしか知らなくてね」

「詳しい素性は分かりませんか……」

「ああ。分からないのは、初音のおつやが何故、店の若い衆に権兵衛を襲わせたかもだ」

「ええ……」

半次と音次郎は頷いた。

「よし。半次、音次郎、初音の女将のおつやを詳しく調べ、囲っている旦那を突き止めてくれ」

「はい。じゃあ今夜、ちょいと初音を覗いてみますよ……」

半次は頷いた。

「そうか。じゃあ私は献残屋千寿堂の押し込みの探索がどうなっているか訊いてみるよ」

「千寿堂の押し込みですか……」

半次は眉をひそめた。

「ああ。半次、音次郎。おそらく、権兵衛は盗賊鬼薊の長五郎と拘わりがある」

半兵衛は笑った。


八丁堀は夜の静けさに覆われていた。

半兵衛は、岡崎町にある南町奉行所吟味方与力の秋山久蔵の屋敷を訪れた。

「これは、半兵衛の旦那……」

下男の太市が迎えた。

「やあ、太市、変わりはないか……」

「お陰さまで……」

「秋山さまはおいでかい……」

「はい。直ぐにお取り次ぎします」

太市は、半兵衛を待たせて屋敷内に走った。

女たちの笑い声が、秋山屋敷の台所の方から洩れて来た。

奥さまの香織さまとお福、そしておふみの笑い声だった。

明るい声で楽しげに笑っている……。

おふみは、死んだ手先の鶴次郎の緋牡丹の絵柄の半纏を持って半兵衛の許を訪れた。そして、今は秋山家に下女奉公をしているのだ。

良かった……。

半兵衛は安心した。

「半兵衛の旦那、どうぞお上がり下さい」

太市が奥からやって来た。

「うむ。お邪魔する」

半兵衛は、秋山屋敷に上がって久蔵の部屋に向かった。

「やあ。暫くだな……」

久蔵は、半兵衛を迎えた。

「御無沙汰をしております。夜分、申し訳ありません」

半兵衛は、夜の不意の訪問を詫びた。

「なあに、未だ宵の口だ。詫びる程の事じゃあねえ」

久蔵は笑った。

「忝うございます」

「で、用ってのはなんだい……」

「はい。月番の南町が今、探索している室町の献残屋千寿堂の押し込みの一件ですが……」

「盗賊の鬼薊の長五郎か……」

久蔵は、その眼を鋭く輝かせた。

「はい……」

半兵衛は頷いた。

「旦那さま……」

香織が、おふみと一緒に酒と肴を運んで来た。

「白縫さま、おいでなさいませ」

香織は、半兵衛に挨拶をした。

「これは奥さま、御挨拶が遅れて申し訳ありません」

「いいえ。おふみも変わりなくやっておりますよ」

香織は、控えているおふみに微笑んだ。

おふみは微笑み、懐かしげに半兵衛に頭を下げた。

「うむ。楽しそうだな。おふみ」

「はい。奥さまやお福さんがいろいろ教えてくれまして、楽しいです」

おふみは顔を輝かせた。

「そいつは良かった」

「白縫さま、おふみは小春のお守りも上手で大助も懐いておりましてね。随分と助かっておりますよ」

「そうですか。お役に立てて何よりです」

「はい。では、ごゆるりと。おふみ……」

香織は、半兵衛と久蔵に酌をし、おふみを促して出て行った。

「さあ、久し振りに一杯やりながらだ」

久蔵は酒を飲んだ。

「戴きます」

半兵衛は続いた。

「献残屋千寿堂の押し込み、和馬や柳橋のみんなも追っているのだが、中々目鼻が付かなくてな……」

久蔵は、手酌で酒を飲んだ。

「押し込んだ鬼薊の長五郎、二代目ですか……」

半兵衛は尋ねた。

「ああ。あの外道働きを見ても、二代目だろうな。犯さず殺さずの長五郎にしては、酷い野郎を二代目にしたもんだ」

久蔵は吐き棄てた。

「ええ。して、二代目の鬼薊の長五郎が何処に潜んでいるかは……」

「和馬や幸吉たちが追っているが未だだ。で、半兵衛……」

久蔵は、半兵衛が盗賊鬼薊一味に拘わる何かを摑んでいると睨んだ。

「はい。実は今朝、献残屋の千寿堂の前を通り掛かった時、手を合わせている年寄りを見掛けましてね」

「ほう。千寿堂に手を合わせる年寄りか……」

久蔵は、小さな笑みを浮かべた。

「はい。で、その年寄りを追いましてね……」

半兵衛は、年寄りが御家人の山内左門と逢い、小料理屋の『初音』を訪れ、切通しで襲われて助けた事を話した。

「成る程。で、その年寄り、何者なんだい」

「名前は権兵衛。家は駒込片町の奥の百姓家です」

半兵衛は告げた。

「権兵衛か……」

久蔵は眉をひそめた。

「はい。おそらく偽名でしょう……」

「ならば、名無しの権兵衛の権兵衛か……」

久蔵は読んだ。

「ま、そんな処です」

「知らぬ顔の半兵衛と名無しの権兵衛とはな」

久蔵は苦笑した。

「ええ。で、権兵衛、隠居して二年になると云いましてね……」

「ほう。隠居して二年か……」

「はい。で、後を譲った奴が陸な者じゃあなかったと悔んでいましてね」

「成る程、そいつは面白いな」

「はい……」

「よし。隠居の権兵衛は、半兵衛おぬしに任せた。好きにしな……」

久蔵は、笑みを浮かべて半兵衛を見詰めた。

「はい……」

半兵衛は、久蔵を見詰めて頷いた。

「その代わり、小料理屋の初音と女将のおつやはこっちに任せて貰うぜ」

「はい。初音と女将のおつやは、半次と音次郎が探りを入れています。引き継ぎをするように云っておきます」

「忝（かたじけ）ねえ……」

「いいえ。此で権兵衛が陸でもない奴をどうするつもりか、見守れます」

「うむ。何をする気か……」

半兵衛と久蔵は、静かに酒を酌（く）み交（か）わした。

「権兵衛、後を譲って隠居したので名無しの権兵衛を名乗ったのかもしれませんね」

半兵衛は酒を飲んだ。

半次と音次郎は、南町奉行所定町廻り同心の神崎（かんざき）和馬と柳橋の弥平次に小料理屋『初音』と女将のおつやに関して分かった事を伝えて引き継いだ。

権兵衛は何を企（くわだ）てているのか……。

半兵衛は、半次に御家人山内左門を見張らせ、音次郎を従えて権兵衛の許に向かった。

生垣に囲まれた百姓家には、権兵衛と老妻（ろうさい）が静かに暮らしていた。

権兵衛と老妻は、二年前に引っ越して来て以来、近隣の者とも親しく付き合わず、小さな畑を作っていた。

「何だか、隠れて暮らしているようですね」

音次郎は眉をひそめた。

「うん……」

半兵衛は頷き、家の裏の小さな畑で野良仕事をする権兵衛と老妻を眺めた。

権兵衛と老妻は、庇（かば）い合い助け合って仲良く野良仕事をしていた。

良い老夫婦だ……。

半兵衛は、微笑ましく眺めた。

昼が近づいた頃、権兵衛と老妻は畑仕事を終えた。

半兵衛と音次郎は、生垣に囲まれた百姓家を窺った。

権兵衛は、大店の隠居風の形(なり)をして百姓家から出て来た。そして、辺りを鋭い眼差しで見廻し、田畑の間の田舎道に進んだ。

「旦那……」

「うん……」

半兵衛と音次郎は、隠居風の形をした権兵衛を追った。

権兵衛は、田畑の間の田舎道を駒込片町に向かった。


下谷練塀小路の山内屋敷の木戸門が開き、着流し姿の山内左門が現われた。

左門は、辺りを警戒する様子もなく、練塀小路を南に向かった。

半次は、物陰から現れて尾行た。

左門は、落ち着いた足取りでゆったりと進んだ。

その後ろ姿に油断は感じ取れなかった。

剣術の何とか流の達人……。

半次は、充分な距離を取って慎重に追った。

左門は、下谷練塀小路を南に進んで神田の町を抜け、神田川に出た。

神田川沿いの道には多くの人が行き交っていた。

左門は神田川に架かっている和泉橋を渡り、柳原通りに出た。そして、神田八ツ小路に向かった。

何処に行くのだ……。

半次は追った。

左門は、和泉橋と八ツ小路の間にある柳森稲荷に向かった。

半次は、足取りを速めた。

柳森稲荷の鳥居の前には、古着屋や古道具屋の露店が並び、茶店や葦簀張りの飲み屋などがあった。

山内左門は、片隅にある葦簀張りの飲み屋に入った。

半次は見届けた。

左門は酒を飲みに来たのか……。

半次は、葦簀張りの飲み屋を窺った。

葦簀張りの飲み屋には、二人の浪人が欠け茶碗で酒を飲んでいた。

左門は、左頬に傷痕のある店の親父に何事か話し掛けていた。

半次は、店の脇に潜んで話を聞こうとした。

左頬に傷痕のある店の親父は嘲笑を浮かべ、二人の浪人に目配せをした。

二人の浪人は、欠け茶碗を置いて左門に近寄り、乱暴に押し出した。

左門は、よろめきながら葦簀張りの飲み屋の外に出た。

「何をする……」

「爺さん、さっさと帰った方が身の為だぜ」

髭面の浪人が凄んだ。

「おぬしたちに拘わりはない。私は彦七に用があるのだ。邪魔をするな」

左門は、静かに告げた。

「俺たちは、彦七の親父に世話になっていてな。そうはいかねえんだよ」

大柄な浪人は、左門を年寄りだと侮った。

「そうか。ならば仕方がないな」

左門は、落ちていた二尺程の長さの木の枝を拾った。
「おのれ、爺い……」
二人の浪人は、猛然と左門に襲い掛かった。
刹那、左門は拾った木の枝を唸らせた。
髭面の浪人は、額を真っ向から厳しく打ち据えられて昏倒した。
「お、おのれ……」
大柄な浪人は狼狽え、刀を抜いた。
左門は、大柄な浪人の鳩尾を木の枝で鋭く突いた。
大柄な浪人は、白目を剝いて気を失って崩れた。
何とか流の達人ってのに嘘はない……。
半次は見定めた。
左頰に傷痕のある彦七は、血相を変えて逃げようとした。
左門は、木の枝を投げ付けた。
木の枝は回転して飛び、彦七の足に絡み付いた。
彦七は、足を取られて前のめりに倒れた。
左門は、大柄な浪人の刀を拾い、倒れている彦七の顔に突き付けた。

「二代目は何処にいる……」

「し、知らねえ……」

「彦七、こんな手入れのされていない鈍で斬られたら、傷は浅くても錆や毒で身体を腐らせて死ぬ事になる。それでも良いのだな」

「か、勘弁してくれ……」

彦七は、嗄れ声を震わせた。

「彦七、此が最後だ。二代目は何処にいるのだ」

「知らねえ。俺は何も知らねえ。本当だ。信じてくれ」

「ならば、次の押し込みを知っているな」

「それは……」

彦七は、喉を激しく引き攣らせた。

「死にたくなければ云え……」

左門は、彦七の引き攣る喉に刀の鋒を押し付けた。

「明日子の刻九つ（午前〇時）、京橋の花月堂って菓子司に押し込む……」

彦七は、苦しく呻くように告げた。

「明日子の刻九つ、京橋の花月堂だな」

左門は念を押した。

「そうだ。俺はそいつを、やって来る手下に報せるだけだ」

彦七は、嗄れ声を震わせた。

「彦七、此の事を二代目に報せれば、お前は裏切者として容赦なく殺される。命が惜しければ、何もかも忘れるんだな」

「わ、分かった。忘れる……」

彦七は、観念して頷いた。

「邪魔をしたな……」

左門は、鈍刀を彦七の顔の上に翳した。

彦七は、恐怖に顔を歪ませて眼を瞑った。

鈍刀が、音を鳴らして彦七の顔の傍に突き立った。

左門は苦笑し、柳森稲荷から出て行った。

半次は、左門を追った。

葦簀張りの飲み屋の親父の彦七は、二代目鬼薊一味の繋ぎ役なのだ。

半次は知った。

不忍池は輝き、弁天島には参拝客が行き交っていた。

権兵衛は、不忍池の畔の茶店の縁台に腰掛けて茶を飲み、辺りを見廻した。

半兵衛と音次郎は、雑木林から見守った。

「待ち合わせに間違いありませんね」

音次郎は睨んだ。

「うん……」

半兵衛は頷いた。

「誰が来るんですかね」

音次郎は、不忍池の畔を窺った。

山内左門がやって来た。

「旦那……」

音次郎は、畔を来る山内左門を示した。

「山内左門か……」

半兵衛は、不忍池の畔を来る山内左門を見詰めた。

三

山内左門は、茶店の亭主に茶を頼んで権兵衛の隣りに腰掛けた。

半兵衛と音次郎は見守った。

「旦那、音次郎……」

半次が、雑木林をやって来た。

「おう。御苦労さん……」

「相手は権兵衛ですか……」

半次は、茶店にいる権兵衛に気付いた。

「うん。して山内左門、練塀小路から真っ直ぐ此処に来たのかい……」

「そいつが、柳原稲荷で葦簀張りの飲み屋の親父を締め上げましてね」

「飲み屋の親父を締め上げた……」

「ええ。飲み屋の親父、彦七って名前で、どうやら鬼薊の繋ぎ役でしてね。山内左門、二代目の居場所を訊いたのですが分からず、鬼薊が明日、京橋の花月堂って菓子司に押し込むと訊き出しましたよ」

「明日、京橋の花月堂に押し込む……」

半兵衛は眉をひそめた。

「はい……」

「そうか……」

「旦那、親分、権兵衛と山内左門、そいつを知ってどうするんですかね」

音次郎は首を捻（ひね）った。

「おそらく、外道働きをする二代目を始末するのだろう」

半兵衛は読んだ。

「えっ。でも、年寄り二人でそんな真似が出来るんですかね」

音次郎は眉をひそめた。

「山内左門、彦七を締め上げる時、用心棒の食詰（くいつ）め浪人を二人、木の枝一本であっさり片付けたよ」

半次は苦笑した。

「何とか流の達人か……」

半兵衛は読んだ。

「ええ。ありゃあ間違いありませんよ」

半次は頷いた。

「そうか……」

半兵衛は、権兵衛と左門を眺めた。

権兵衛と左門の二人の年寄りは、世間話でもしているかのように笑いながら茶を飲んでいた。

茶店の小旗が微風に揺れた。

夕暮れ時の穏やかな光景だ……。

半兵衛は、思わず微笑んだ。

湯島天神門前町の盛り場に連なる店には軒行燈が灯され、酒の匂いが漂い始めた。

柳橋の弥平次配下の勇次は、斜向かいの路地から小料理屋『初音』を見張っていた。

浪人に扮した南町奉行所定町廻り同心の神崎和馬が、盛り場をやって来た。

「どうだ……」

「今の処、変わった事はありません。幸吉と由松の兄貴が店に……」

勇次は、小料理屋『初音』を示した。

小料理屋『初音』の客は少なかった。

女将のおつやは、隅で酒を飲んでいる幸吉と由松に料理を運んだ。

「お待たせしました。豆腐と野菜の煮染です」

おつやは、幸吉と由松に笑い掛けた。

「おう。こいつは美味そうだ」

「じゃあ、ごゆっくり……」

おつやは、他の客の許に行った。

「今の処、妙な野郎はいませんね」

由松は、野菜の煮染を食べながら囁いた。

「うん……」

幸吉は、酒を飲みながら頷いた。

「いらっしゃいませ」

おつやが、入って来た左頰に傷痕のある中年男を迎えた。

左頰に傷痕のある中年男は、おつやに親指を立てて見せた。

おつやは頷き、板場を示した。

左頬に傷痕のある中年男は頷き、何気ない素振りで板場に入って行った。

「由松……」

「ええ。立てた親指は鬼薊の事ですかね」

由松は囁いた。

「きっとな……」

幸吉は、厳しい面持ちで頷いた。

「じゃあ、いるんですかね。此処に……」

由松は、思わず天井を見上げた。

小料理屋『初音』には二階があった。


「旦那……」

勇次は、路地の奥にいる和馬を呼んだ。

「どうした……」

「由松の兄貴です」

小料理屋『初音』から由松が出て来た。

「何かあったのか……」

「初音に来た左頬に傷痕のある中年男、どうやら鬼薊の一味ですぜ」

由松は報せた。

「そうか。で、鬼薊は……」

和馬は眉をひそめた。

「いると思うんですがね……」

由松は、小料理屋『初音』の二階を見上げた。

小料理屋『初音』の二階の窓は暗く、明かりは灯されていなかった。

鬼薊や左頬の傷痕のある初老の男は、二階ではなく他の処にいるのか……。

由松は眉をひそめた。

「由松……」

和馬が、小料理屋『初音』から出て来た客を示した。

客は、左頬に傷痕のある中年男だった。

「旦那、ちょいと追ってみます」

由松は告げた。

「うん。勇次、一緒に行きな」

和馬は、勇次に命じた。

「はい。じゃあ……」

由松と勇次は、左頰に傷痕のある中年男を追った。

和馬は、小料理屋『初音』を見張り続けた。


蕎麦屋は晩飯時も過ぎ、客は少なかった。

権兵衛と山内左門は、不忍池の畔の茶店から蕎麦屋に河岸(かし)を変え、店の隅で酒を酌み交わしていた。

半次と音次郎は、蕎麦をすすりながら権兵衛と山内左門をそれとなく窺った。

権兵衛と左門は、笑顔で言葉を交わしながら酒を楽しんでいた。

長い人生を歩んで年老いた男たちが、楽しげに昔を懐かしんでいる。

半次にはそう見えた。


柳森稲荷は暗く、鳥居の前の隅にある葦簀張りの飲み屋だけが明かりを灯していた。

左頰に傷痕のある中年男は、葦簀張りの飲み屋に入って行った。

由松と勇次は見届け、葦簀張りの飲み屋を窺った。

葦簀張りの隙間から見える飲み屋の中では、浪人や人足らしい男たちが酒を飲んでいた。

左頬に傷痕のある中年男は、葦簀張りの飲み屋の主のようだった。

「此の店の亭主のようですね」

「うん。得体(えたい)の知れねえ店だな」

「ええ……」

僅かな刻が過ぎ、若い人足が金を払って千鳥足(ちどりあし)で出て来た。

「勇次、見張っていてくれ」

由松は、暗がり伝(づた)いに若い人足を追った。


若い人足は、千鳥足で柳原通りに出た。

「おう。兄い……」

由松は、親しげに若い人足の首に腕を廻した。

「な、何だ手前、離せ……」

若い人足は、酔った声で抗(あらが)った。

「煩(うる)せえ。静かにしな」

由松は、若い人足の首を締めた。

若い人足は驚き、呻いた。

「飲み屋の亭主、左頬に傷痕のある野郎、何て名前だ」

「ひ、彦七……」

若い人足は声を震わせた。

「彦七。素性は……」

「知らねえ……」

「知らねえだと……」

由松は、若い人足の首に廻した腕に力を入れた。

「こ、故買屋（こばいや）のようだ……」

「故買屋……」

由松は眉をひそめた。

〝故買屋〟とは、盗品と知って売り買いする者を称し、窩主買（けいずかい）とも云う。

「ああ。時々盗人のような奴が来る……」

若い人足は、苦しげに告げた。

「どうして盗人だと分かる」

「喋(しゃべ)っている話からだ……」

「何処の盗人か分かるか……」

「そんな事迄、分からねえ」

若い人足は踠(もが)いた。

「お前、名前と住まいは何処だ」

「梅吉(うめきち)、玉池稲荷(たまいけいなり)裏の甚兵衛(じんべえ)長屋……」

「玉池稲荷裏の甚兵衛長屋の梅吉だな」

「はい……」

「よし、此の事は誰にも云うな。云ったら只じゃあ済まない」

由松は凄んだ。

「へ、へい。云いません、誰にも云いません」

若い人足の酔いは消えていた。

「よし。行きな……」

由松は、若い人足の首から腕を解(と)いた。

若い人足は、足早に立ち去った。その足取りは、既に千鳥足ではなかった。

由松は苦笑した。

「明日子の刻九つ、京橋の菓子司花月堂に押し込むか……」

久蔵は、厳しさを滲ませた。

「ええ。鬼薊一味の繋ぎ役の男が、権兵衛と親しい山内左門と云う御家人に締め上げられて白状したそうです」

「明日子の刻九つに京橋の花月堂か……」

久蔵は眉をひそめた。

「押し込み、信じられますか……」

半兵衛は苦笑した。

「半兵衛、お前もそう思うかい」

久蔵は、小さな笑みを浮かべた。

「ええ。権兵衛は二代目の外道働きを怒って小料理屋の初音に怒鳴り込んだ。そして、若い者が命を狙って失敗した。それで……」

「偽の押し込みを餌にし、何かと煩い先代の権兵衛を誘い出して消すって罠か……」

「違いますかね……」

「いや。流石は知らん顔の半兵衛さんだ。読みに間違いはないだろう」

久蔵は笑った。

「じゃあ……」

「ああ。外道の二代目鬼薊の罠の上手を行ってやろうじゃあねえか……」

「はい……」

半兵衛と久蔵は笑った。


下谷練塀小路に人影は伸びた。

山内左門は、酒を飲んだ気配も見せず、落ち着いた足取りで帰って来た。

半次は、暗がりを慎重に追った。

左門は、自分の組屋敷の木戸門の前に立ち、下谷練塀小路を窺った。

半次は、暗がりで息を潜めた。

左門は、木戸門を開けて組屋敷に入って行った。

半次は見届けた。

駒込の田畑は、蒼白い月明かりに照らされていた。

権兵衛は、夜道に慣れた足取りで帰って来た。そして、生垣に囲まれた百姓家に入って行った。

音次郎は見届け、緊張を解いて大きな吐息を洩らした。


「そうか。権兵衛と山内左門、昨夜は蕎麦屋で一杯やって帰ったか……」

半兵衛は、半次と音次郎の報せを受けた。

「ええ。権兵衛と山内左門、何か昔の楽しい事でも思い出しているかのように、沁み沁みとした顔で静かに酒を飲んでいましたよ」

半次は報せた。

「沁み沁みとした顔でねえ……」

権兵衛と山内左門は、今夜子の刻九つに京橋の菓子司『花月堂』に押し込む二代目鬼薊一味を始末しようとしている。

半兵衛は読んだ。

「じゃあ、権兵衛と山内左門は、今夜の二代目鬼薊の押し込みに……」

「ああ。罠だと知らずにね……」

半兵衛は苦笑した。

「罠……」

「旦那……」

半次と音次郎は戸惑った。

「うん。こいつは私と秋山さまの読みだがね。二代目鬼薊、何かと煩く邪魔な先代の鬼薊の長五郎を始末しようと罠を仕掛けた」

「じゃあ、罠ってのは菓子司の花月堂の押し込みですか……」

半次は眉をひそめた。

「ああ。押し込みを餌にして誘(おび)き寄せ、権兵衛を殺そうって魂胆(こんたん)だろう」

「汚ねえ真似をしやがる。ですが、何とか流の達人の山内左門がいる限り、そう易々(やすやす)とはいかないでしょう」

「そうだな。何とか流の達人の山内左門がいたな……」

半兵衛は、権兵衛と山内左門の詳しい拘わりを知らない事に気付いた。

御家人の山内左門と権兵衛は、どのような拘わりなのだ……。

半兵衛は、音次郎に権兵衛、半次に山内左門を引き続き見張るように命じた。

そして、御家人の山内左門を詳しく調べる事にした。

半兵衛は、北町奉行所で旗本御家人の武鑑を調べた。

下谷練塀小路の組屋敷に住む山内左門は、八十石取りの御家人であり、五年前に妻を病で亡くし、娘と二人暮らしだった。そして、神道無念流の目録印可を貰っている剣客だった。

半兵衛は、そんな左門が何故に権兵衛こと盗賊鬼薊の長五郎と親しいのか分からなかった。

仕方がない……。

半兵衛は、北町奉行所を出た。


下谷練塀小路には、物売りの声が長閑に響いていた。

半次は、山内左門の組屋敷を見張っていた。

半兵衛がやって来た。

「旦那……」

半次は気付いた。

「山内左門、未だ動きはないか……」

半兵衛は尋ねた。

「ええ。さっき庭と表の掃除をしていましてね。いつもと変わらないようです」

「そうか。流石は神道無念流の目録印可を貰っている剣客だな」

「へえ。何とか流ってのは、神道無念流でしたか……」

「うん……」

「で、山内左門に何か……」

「そいつなんだがね。ちょいと逢ってみようと思ってね」

半兵衛は微笑んだ。

四

庭は綺麗に掃除され、片隅に小さな畑があった。

「どうぞ……」

十八歳程の娘は、縁側に腰掛けている半兵衛に茶を差し出した。

「造作(ぞうさ)を掛けるね……」

「いいえ。父は直ぐに参ります」

娘は、告げて下がって行った。

「やあ、お待たせ致した。北町奉行所の白縫半兵衛どのですか……」

山内左門が、木屑の付いた前掛を外しながらやって来た。

「急な訪問、お許し下さい」

半兵衛は詫びた。

「いいえ。内職で作っている楊枝、今日中に楊枝屋に納めなければなりませんでしてね」

左門は座り、笑みを浮かべた。

微禄の御家人は、扶持米だけでは暮らしが立てられず内職をしている。

山内左門は、楊枝作りを内職にしているのだ。

「そいつは、お忙しい時に申し訳ない……」

「いいえ。して御用は……」

左門は、半兵衛を見詰めた。

「はい。山内さんは、長五郎と云う隠居をご存知ですね」

「うむ。存じておるが、長五郎さんがどうかしたかな」

左門は、動揺を見せずに聞き返した。

「山内さんとはどのような拘わりか教えて戴けませんか……」

半兵衛は尋ねた。左門は半兵衛の問いを無視するような笑みを浮かべた。

「云えませんか……」

　半兵衛は苦笑した。

「いや、そんな事はない」

「山内さん……」

　半兵衛は戸惑った。

「白縫どの、恥を曝すが、昔、私は心の臓を患う妻の薬代欲しさに辻強盗を企てましてね」

「辻強盗を……」

「ええ。で、和泉橋の袂で初めて刀を突き付けた相手が長五郎さんでしてね」

　左門は、懐かしそうに話し始めた。

「何しろ初めての辻強盗、刀の鋒が震えていたのでしょう。長五郎さんはそいつに気付き、訳を話してくれれば、金は幾らでも都合してやると……」

「それで、奥方の心の臓の病の事を話し、金を借りたのですか……」

　半兵衛は読んだ。

「ええ。お陰で妻は助かり、私も辻強盗を働かずにすんだ。以来、私は長五郎さんと付き合うようになりましてね。五年前、妻が亡くなった時にも何かと世話になりました。ま、私にとって長五郎さんは恩人、長年の得難い友ですよ」

左門は、沁み沁みとした口振りで告げた。

「そうですか。いや、良く分かりました」

「白縫どの……」

「山内さん、押し込み先の者を殺す外道働きの鬼薊と称する盗賊共がいましてね。探索している内に隠居の長五郎と云う者が浮かんだのですが、山内さんのお話では、どうも長五郎違いのようですな」

半兵衛は笑った。


先代の鬼薊の長五郎は、恩人、長年の得難い友……。

「それで権兵衛に頼まれ、外道働きの二代目鬼薊の始末を手伝っているんですかい……」

「どうやら、そんな処だね」

「で、どうします」

「権兵衛と山内左門には、此のまま働いて貰うよ」

「じゃあ……」

「うん。罠に乗って貰い、二代目の外道の鬼薊を引っ張り出して貰う」

半兵衛は笑った。

「京橋の菓子司の花月堂には……」

「秋山さまが既に手配りをしている筈だ」

「そうですか。それで、権兵衛と山内左門の始末は……」

「秋山さまの狙いは、二代目の外道の鬼薊とその一味だ。権兵衛と山内左門の始末は、こっちに任せてくれているよ」

「そいつは良かったですね」

半次は微笑んだ。

「うん。まあな……」

半兵衛は苦笑した。

秋山久蔵は、京橋の菓子司『花月堂』の周囲に同心捕り方を潜ませ、和馬と幸吉たちに小料理屋『初音』の見張りを続けさせていた。

小さな田畑の緑は生き生きとしていた。

権兵衛は、普段通りに老妻と仲良く畑仕事をしていた。

音次郎は見張った。

権兵衛と老妻は、穏やかに言葉を交わして楽しげに笑い、助け合って仕事をしていた。

「どうだ……」

半兵衛が、音次郎の許にやって来た。

「いつも通りです……」

音次郎は告げた。

「ほう。いつも通りか……」

半兵衛は、畑仕事をしている権兵衛を見詰めた。

権兵衛は、二代目鬼薊を始末する緊張や昂ぶりを見せず、淡々といつも通りに畑仕事をしていた。

良い度胸だ……。

半兵衛は、秘かに感心した。

陽は西に大きく傾いた。

山内左門は、風呂敷包みを担いで組屋敷の木戸門から出て来た。そして、娘に見送られて出掛けた。

半次は追った。

左門は、下谷広小路の上野新黒門町(うえのしんくろもんちょう)にある爪楊枝屋(つまようじや)を訪れ、担いで来た風呂敷包みを下ろした。

風呂敷包みには、様々な種類の爪楊枝が入っていた。

左門は、内職で作った爪楊枝を届けに来たのだ。

半次は見届けた。


湯島天神門前町の小料理屋『初音』は、店を開ける仕度に忙しかった。

和馬と幸吉は、小料理屋『初音』を見張り続けた。

小料理屋『初音』の裏手から派手な半纏を着た若い男が現れ、盛り場の通りを鋭い眼差しで窺った。

和馬と幸吉は、斜向かいの路地に身を潜めた。

派手な半纏の若い男は、通りに不審はないと見定め、路地の奥に振り返って何事かを告げた。

和馬と幸吉は見守った。

編笠(あみがさ)を被った武士が路地から現れた。

「和馬の旦那……」

「うん……」

幸吉と和馬は、思わず顔を見合わせた。

編笠の武士は、派手な半纏の若い男を従えて盛り場の出口に向かった。

「幸吉……」

「鬼薊ですよ」

幸吉は見定めた。

「よし。追うぜ」

和馬と幸吉は、編笠の武士と派手な半纏の若い男を追った。

盛り場は夕陽に照らされ、連なる飲み屋は暖簾(のれん)を掲げ始めた。


塗笠を被った権兵衛は、軽衫袴(かるさんばかま)に袖無(そでな)し姿で杖(つえ)を突いて百姓家を出た。

半兵衛と音次郎は、尾行を開始した。

「杖なんか突いて、どうかしたんですかね」

音次郎は戸惑った。

「音次郎、あの杖は仕込(しこみ)だよ」

半兵衛は苦笑した。

「えっ、仕込刀ですか……」

「ああ……」

半兵衛は頷き、権兵衛を追った。

権兵衛は、白山権現に出て本郷の通りに向かった。

半兵衛と音次郎は追った。


編笠の武士は、派手な半纏の若い男と神田川の北岸、神田花房町(かんだはなぶさちょう)にある船宿に入った。

和馬と幸吉は見届けた。

「船宿で刻を過ごし、船で京橋に行くのかもしれないな」

和馬は読んだ。

「じゃあ、此の船宿も鬼薊一味の盗人宿ですかい……」

「ああ。かもしれないが、いつからやっている船宿だい」

「確か二年前からだったと思います」

幸吉は、厳しい面持ちで明かりの灯されている船宿を見詰めた。

日本橋通南(とおりみなみ)二丁目の式部小路(しきぶこうじ)を入ると、黒板塀が続いていた。その黒板塀に木戸門があり、明かりの灯された小さな軒行燈(のきあんどん)があった。

権兵衛は、木戸門を静かに叩いて何事かを告げた。

木戸門は開き、権兵衛は素早く中に入った。

半兵衛と音次郎は見届けた。

「旦那、音次郎……」

暗がりから半次が現れた。

「半次がいる処をみると、山内左門も此処に来ているんだね」

半兵衛は読んだ。

「はい。上野新黒門町の爪楊枝屋に品物を届け、寛永寺や不忍池を廻り、日が暮れてから此処に……」

「して、何なんだ。此処は……」

半兵衛は眉をひそめた。

「近所の者に訊いたんですが、何でも決まった者だけしか入れない料理屋だそうですよ」

半次は苦笑した。

「ほう。決まった者しか入れない料理屋ねえ」

半兵衛は、背の高い黒塀に囲まれた料理屋を眺めた。


夜は更けた。

和馬と幸吉は、勇次が廻した猪牙舟に乗って船宿を見張った。

やって来た屋根船が、筋違御門の船着場に船縁を寄せた。

編笠の武士と派手な半纏の若い男たちが、船宿から出て来て屋根船に乗り込んだ。

屋根船は船着場を離れ、神田川を大川に向かって進んだ。

「追いますぜ……」

勇次は、和馬と幸吉を乗せた猪牙舟を音もなく進め、編笠の武士たちを乗せた屋根船を追った。

黒板塀に囲まれた料理屋の木戸門が開いた。

権兵衛と山内左門が現れ、式部小路を楓川(もみじがわ)に向かった。

半兵衛は、半次や音次郎を伴って二人の後を追った。

権兵衛と左門は、楓川沿いの道を京橋に進んだ。


楓川の流れに月影(つきかげ)は揺れていた。

権兵衛と左門は肩を並べ、落ち着いた足取りで京橋に進んでいた。

半兵衛、半次、音次郎は、暗がり伝いに慎重に尾行た。

「随分と落ち着いていますね」

半次は囁いた。

「二人共、年寄りにしては良い度胸ですね」

音次郎は感心した。

「ああ。長く生きていりゃあ、いろいろあるからね」

半兵衛は、権兵衛と左内の後ろ姿を眺めた。

権兵衛と左門の足取りには、怯(おび)えも昂ぶりも感じられなかった。

死ぬ覚悟は出来ている……。

半兵衛は知った。

権兵衛と左門は楓川沿いの道を進み、京橋川に架かっている白魚橋の手前を西に曲がった。

菓子司『花月堂』は、京橋竹河岸にあって寝静まっていた。

権兵衛と山内左門は、暗がりに潜んで菓子司『花月堂』を窺った。

菓子司『花月堂』に不審な処はない……。

「外道の押し込み、未だのようだ」

権兵衛は見極めた。

「うむ……」

左門は頷いた。

刹那、盗人姿の若い男が現れ、長脇差で権兵衛に斬り掛かった。

左門が権兵衛の前に踏み込み、抜き打ちの一刀を鋭く放った。

盗人姿の若い男は、腹から胸に斬り上げられ、血を振り撒いて倒れた。

編笠の武士が現れた。

「暫くだな、頭……」

「外道……」

権兵衛は、編笠の武士を睨みつけた。

「死に損ないの爺いが二人か、冥土に送ってやるぜ」

編笠の武士は片手をあげた。

盗賊たちが暗がりから現れ、長脇差や匕首を翳して権兵衛と左門に殺到した。

「半次、音次郎……」

半兵衛は、半次と音次郎を従えて飛び出し、権兵衛と左門を庇うように立った。

権兵衛と左門は驚いた。

盗賊たちは怯んだ。

「殺せ、殺せ……」

編笠の武士は焦り、怒りに言葉を震わせた。

次の瞬間、周囲の暗がりに南町奉行所の高張り提灯が幾つも掲げられた。そして、和馬を始めとした南町奉行所の同心と捕り方たちが現れた。

編笠の武士と盗賊たちは怯み、狼狽えた。

「二代目鬼薊、初代を怒らす外道振りには呆れるばかりだ」

秋山久蔵が嘲笑を浮かべながら現れた。

「て、手前……」

編笠の武士は、恐怖に喉を引き攣らせた。

「みんな、町奉行所は生かして捕えるのが役目。だが、容赦は要らねえ。死なねえ程度に叩きのめして、お縄にしな」

久蔵は命じた。

和馬たち同心と捕り方は、雄叫びをあげて盗賊たちに殺到した。

盗賊たちは抗った。

捕り方たちは、刺股、袖搦、突棒などで盗賊を殴り、倒し、押さえ付けた。

和馬たち同心は、押さえ付けられた盗賊を容赦なく叩きのめした。

盗賊たちは、血に塗れて息も絶え絶えで倒れた。

捕り方たちは、倒れた盗賊たちに押し潰すように殺到し、容赦なく捕り縄を打った。

久蔵は、編笠の武士に迫った。

編笠の武士は後退りした。

幸吉、由松、勇次が得物を手にし、逃げ道を塞いでいた。

「おのれ……」

編笠の武士は、逃げ道を失って久蔵に斬り掛かった。

「外道……」

久蔵は、抜き打ちの一刀を閃かせた。

斬り飛ばされた編笠が、夜空に高々と舞い上がった。


権兵衛と山内左門は、事の成行きに呆然としていた。

「さあ、こっちに……」

半兵衛は、権兵衛と左門に声を掛けた。

「半兵衛さん……」

「白縫どの……」

権兵衛と左門は、我に返って戸惑った。

「外道の鬼薊は此迄。長居は無用……」

半兵衛は、権兵衛と左門に笑い掛けた。

「さあ、早く……」

半次と音次郎が、権兵衛と左門を楓川に誘った。

半兵衛は続いた。

盗賊二代目鬼薊の長五郎一味は、南町奉行所吟味方与力秋山久蔵たちにお縄にされた。

半兵衛は、権兵衛と山内左門に早く家に帰るように告げた。

「半兵衛さん……」

「白縫どの……」

権兵衛と左門は困惑した。

「外道の二代目鬼薊は此で磔獄門。もう良いでしょう」

半兵衛は笑った。


盗賊二代目鬼薊の長五郎と手下共は磔獄門となり、小料理屋『初音』の女将おつやと葦簀張りの飲み屋の彦七には遠島の仕置が下された。

「して半兵衛、権兵衛と山内左門はどうしたい……」

久蔵は酒を飲んだ。

「権兵衛はおかみさんと仲良く畑仕事に精を出し、山内左門は爪楊枝を削って娘と静かに暮らしています」

半兵衛は、久蔵に酌をした。

「それで良いのか……」

「秋山さま、世の中には私たちが知らない方が良い事もありますよ」

半兵衛は、手酌で猪口に酒を満たした。

「知らぬ顔の半兵衛か……」

久蔵は苦笑した。

「畏れ入ります」

半兵衛は、笑顔で酒を飲んだ。

名無しの権兵衛と山内左門、二人の余生は決して長くはない。

いつか静かに消えていくが良い……。

半兵衛は、久蔵との昼酒を楽しんだ。

この作品は双葉文庫のために書き下ろされました。

ふ-16-46

新・知らぬが半兵衛手控帖
しんし　はんべえてびかえちょう

名無し
なな

2018年2月18日　第1刷発行

【著者】
藤井邦夫
ふじいくにお

【発行者】
稲垣潔

【発行所】
株式会社双葉社
〒162-8540 東京都新宿区東五軒町3番28号
［電話］03-5261-4818(営業)　03-5261-4833(編集)
www.futabasha.co.jp
(双葉社の書籍・コミックが買えます)

【印刷所】
中央精版印刷株式会社

【製本所】
中央精版印刷株式会社

【表紙・扉絵】南伸坊
【フォーマット・デザイン】日下潤一
【フォーマットデジタル印字】飯塚隆士

ISBN978-4-575-66869-8 C0193
Printed in Japan

藤井邦夫
知らぬが半兵衛手控帖
姿見橋
長編時代小説〈書き下ろし〉
「世の中には知らん顔をした方が良いことがある」と嘯く、北町奉行所臨時廻り同心白縫半兵衛が見せる人情裁き。シリーズ第一弾。

藤井邦夫
知らぬが半兵衛手控帖
投げ文（なげぶみ）
長編時代小説〈書き下ろし〉
かどわかされた呉服商の行方を追ううちに浮かび上がる身内の思惑。北町奉行所臨時廻り同心白縫半兵衛が見せる人情裁き。シリーズ第二弾。

藤井邦夫
知らぬが半兵衛手控帖
半化粧（はんげしょう）
長編時代小説〈書き下ろし〉
鎌倉河岸で大工の留吉を殺したのは、手練れの辻斬りと思われた。探索を命じられた半兵衛の前に女が現れる。好評シリーズ第三弾。

藤井邦夫
知らぬが半兵衛手控帖
辻斬り
長編時代小説〈書き下ろし〉
神田三河町で金貸しの夫婦が殺され、自供をもとに取り立て屋のおときが捕縛されたが、不審なものを感じた半兵衛は……。シリーズ第四弾。

藤井邦夫
知らぬが半兵衛手控帖
乱れ華（ばな）
長編時代小説〈書き下ろし〉
凶賊・土蜘蛛の儀平に裏をかかれた北町奉行所臨時廻り同心・白縫半兵衛は内通者がいると睨んで一か八かの賭けに出る。シリーズ第五弾。

藤井邦夫
知らぬが半兵衛手控帖
通い妻（かよいづま）
長編時代小説〈書き下ろし〉
瀬戸物屋の主が何者かに殺された。目撃証言から、ある女に目星をつけた半兵衛だったが、その女は訳ありの様子で……。シリーズ第六弾。

藤井邦夫
知らぬが半兵衛手控帖
籠の鳥（かごのとり）
長編時代小説〈書き下ろし〉
北町奉行所臨時廻り同心の白縫半兵衛は、鎌倉河岸近くで身投げしようとしていた女を助けたのだが……。好評シリーズ第七弾。

藤井邦夫
離縁状
知らぬが半兵衛手控帖
長編時代小説〈書き下ろし〉
音羽に店を構える玩具屋の娘が殺された。白縫半兵衛は探索にかかるが、事件は思いもよらぬ方へころがりはじめる。好評シリーズ第八弾。

藤井邦夫
捕違い（とりちがい）
知らぬが半兵衛手控帖
長編時代小説〈書き下ろし〉
本所竪川沿いの空き家から火の手があがり、付近で酔いつぶれていた男が付け火の罪で捕縛されたのだが……。好評シリーズ第九弾。

藤井邦夫
無縁坂
知らぬが半兵衛手控帖
長編時代小説〈書き下ろし〉
北町奉行所与力・松岡兵庫の妻女が行方知れずになった。捜索に乗り出した半兵衛の前に浪人者の影がちらつき始める。好評シリーズ第十弾。

藤井邦夫
雪見酒
知らぬが半兵衛手控帖
長編時代小説〈書き下ろし〉
大身旗本の本多家を逐電した女中探しを命じられ、不承不承探索を始めた白縫半兵衛だったが、本多家の用人の話に不審を抱く。

藤井邦夫
迷い猫
知らぬが半兵衛手控帖
長編時代小説〈書き下ろし〉
行方知れずだった鍵役同心が死体で発見された。遺体を検分した同心白縫半兵衛は、着物の裾から猫の爪を発見する。シリーズ第十二弾。

藤井邦夫
秋日和
知らぬが半兵衛手控帖
長編時代小説〈書き下ろし〉
赤坂御門傍の溜池脇で男が滅多刺しにされて殺された。半兵衛は、男が昔、中村座の大部屋役者をしていた女衒の栄吉だと突き止める。

藤井邦夫
詫び状
知らぬが半兵衛手控帖
長編時代小説〈書き下ろし〉
白昼、泥酔し刀を振りかざした浅葱裏を一刀のもとに斬り倒した浪人がいた。半兵衛は、田宮流抜刀術の同門とおぼしき男に興味を抱く。